雪 国

ゆきぐに

[日] 川端康成 著

丁曼 译

台海出版社

图书在版编目（CIP）数据

雪国 / （日）川端康成著；丁曼译. -- 北京：台
海出版社，2023.9
ISBN 978-7-5168-3586-9

Ⅰ. ①雪… Ⅱ. ①川… ②丁… Ⅲ. ①中篇小说—日
本—现代 Ⅳ. ①I313.45

中国国家版本馆CIP数据核字（2023）第112446号

雪　国

著　者：[日]川端康成		译　者：丁　曼	

出 版 人：蔡　旭　　　　　　　　　封面设计：朱镜霖
责任编辑：曹任云

出版发行：台海出版社
地　　址：北京市东城区景山东街20号　　邮政编码：100009
电　　话：010-64041652（发行，邮购）
传　　真：010-84045799（总编室）
网　　址：www.taimeng.org.cn/thcbs/default.htm
E - mail：thcbs@126.com

经　　销：全国各地新华书店
印　　刷：北京中科印刷有限公司
本书如有破损、缺页、装订错误，请与本社联系调换

开　　本：880毫米×1230毫米　　　　1/32
字　　数：73千字　　　　　　　　　　印　　张：5.5
版　　次：2023年9月第1版　　　　　　印　　次：2023年11月第1次印刷
书　　号：ISBN 978-7-5168-3586-9

定　　价：47.00元

穿过县境的长隧道，就到雪国了。夜幕下的大地一片白色。火车在信号站前停了下来。

坐在通道另一侧的女孩起身过来，将岛村面前紧闭的玻璃窗打开。寒气顿时从冰雪世界袭来。女孩将身子探出窗外，她朝远方喊道：

"站长先生，站长先生！"

一个男人提着灯，踩着雪慢悠悠走了过来。他的鼻子被围巾裹着，耳朵也被皮草帽帽耳捂得严严实实。

岛村想，天已经这么冷了吗？他看见山脚下的几处木板房，冷冷清清的，像是铁路员工的宿舍。还没看到白色的雪花飘到那里，就猝然消逝在黑夜中了。

"站长先生，是我呀，您好！"

"是你呀，叶子。你回来啦？天又冷了！"

"我听说我弟弟在您这工作啦，谢谢您照顾他！"

"这个破地方，什么都没有，怪无聊的。对年轻人来说太难熬了。"

"他还是个孩子，站长您多带带他吧，拜托啦。"

"没问题。他挺好的，活儿也干得不错。马上就要忙起来了，你不知道，去年也下了好大的雪呢，闹了好几次雪崩。火车被困在路上，村里人忙着烧水送饭呢。"

"站长先生您穿得很厚实嘛。我弟弟来信说，他连坎肩都没穿呢。"

"我穿了有四层呢。年轻人只靠喝酒御寒，喝完了就横七竖八躺在那儿，都感冒了。"

站长说着，挥动手上的灯指了指宿舍方向。

"我弟弟也喝酒？"

"他倒没有。"

"站长先生，您这就回去了吗？"

"我是去看医生，受伤了。"

"天呐，您多保重啊。"

站长已不愿站在冰天雪地里聊家常了，他转过身，留下穿着和服、披着外套的背影：

"那再见啦！您也多保重！"

"站长先生，我弟弟今天没出来吗？"叶子又说，眼睛同时在雪地里张望着，用好听又带着忧伤的声音喊道，"站长先生，拜托您多照顾我弟弟！"她的喊声嘹亮清澈，仿佛在夜幕笼罩的大雪里传来了回声。

火车已经开动了，可她还没缩回上身。站长走在轨道旁，当火车追上他时，她又开了口：

"站长先生，您给我弟弟捎个话，让他下次歇班时回家一趟！"

"好！"站长提高了嗓门。

叶子这才关上窗户，两手捂住冻得发红的脸颊。

窗外县境的山上备着三辆扫雪车，这是随时备战大雪吧。隧道自南到北连着雪崩报警电线，还安排了五千名除雪工人，另外动员了两千名消防青年志愿者。

　　原来这个名叫叶子的女孩，她的弟弟从冬天开始就在这处被大雪覆盖的铁路信号站工作了，岛村对她更加感兴趣了。

　　不过，或许只是岛村一厢情愿地认为对方是个"女孩"，毕竟他不知道她和她身边男人的关系。看他二人行为举止很似夫妻，可男人显然病恹恹的。若是因为照顾病人，顾不得相处礼数，男女关系自然会模糊起来，照顾得越殷勤，看着就越像夫妻。或者是因为一个年轻女孩在照顾年长的男人之际流露出了母性，让旁观者误以为是夫妻了。

　　而岛村将她从周围脱离出来，从她的姿态里，岛村有些偏执地笃信她是个女孩。也许是岛村太过于关注和凝视她，自己徒增了几分感伤。

　　三个小时前，岛村百无聊赖地动着左手食指，眺望着远方。他发觉唯有这根手指鲜活地记得他就要去见的那个女人，越是急于回忆，印象就越模糊。在虚浮的记忆里，唯独这根手指依然残留着那种触觉，牵引着他到达女人的身边。这太不可思议了，岛村把手指贴到鼻尖闻了闻。当他无意识地用手指在车窗玻璃上擦出了条线时，一只女人的眼睛蓦地出现在了车窗上，惊得他差点喊出声来。回过神来才发现，原来是过道那侧的女孩的眼睛映在了车窗上，刚才是他走神了，心去了远方。窗外已有几分暮色，车厢里亮着灯，热气腾腾的，车窗上都是水汽，用手指擦了去，这才把车窗变成了一面镜子。

玻璃只映出女孩的一只眼睛，反而显得更加秀美了，岛村将脸贴在车窗上，装出一副游客痴迷黄昏景象的样子，伸出手擦了擦车窗玻璃。

女孩前倾着上身，一心守护着躺在她对面的男人。她的肩膀紧绷着，目不转睛，看上去是那么用心。男人的头躺在窗边，腿蜷着放在女孩身边。这是三等车厢。他们跟岛村不是正对着，而是在岛村的斜前方，中间隔着过道。男人侧卧着，从镜子里只能看到他耳朵周围脸的轮廓。

女孩的座位正好在岛村斜对面，本来是可以直接看到的。他们刚上火车时，女孩清冷的美就让岛村心头一震，他赶紧移开目光，正巧看到一个男人蜡黄的手紧握着女孩的手，岛村便不好再往那边张望了。

镜中男子的神色只有看着女孩胸部的时候才显得安静平和。身子虽说孱弱，但看样子总算歇了过来。他将围巾枕在头下，绕到鼻子下面，正好盖住嘴巴，再向上包裹住脸颊，一副保护脸庞的姿态。只是围巾有时松动，有时还堵住了鼻子。每当此时，还不等男人睁眼示意，女孩就已经温柔地帮他调整好围巾。两人本是无心之举，可如此反复多次下来，看得岛村心烦意乱。另外，男人腿上裹了外套，下摆有时掉落下来，女孩也都马上盖好，动作如此自然。看着两人的亲近，好似忘记了距离，到了忘我的远方。旁观的岛村看见了这种悲情，没有觉得心酸，就像眺望梦中幻影一样。大概是因为这些影像是从奇幻的镜子中映射出来的吧。

镜子的深处流淌着黄昏的景象。也就是说，实物的影像与虚幻的镜像，像是电影的叠影一般在活动，登场人物与背景毫无关系。人物是透明的幻影，风景是夜色朦胧的暗流，两相交织，勾勒出一个不真实的象征世界。当女孩的脸与寒山灯火重叠在一处时，岛村心头一震，她简直美得无以言表。

远山间，天空还残留着一些暗淡的晚霞，透过车窗还能看到远方景物的轮廓，只是不见了色彩。本就平淡无奇的荒山显得更加平庸，没有任何值得称道之处。这无趣的景色反倒莫名地激起了岛村胸中的波澜，自然是女孩的脸庞映在玻璃窗上的缘故。她的身影映在窗上，挡住了窗外的暮景，景色在女孩面影周围不断掠过，让人觉得女孩的脸也是透明的。是真的透明吗？又很难看清楚。光影错觉让人感到扑朔迷离。

车厢里不算太亮，车窗毕竟不像真的镜子，那映像不甚清楚。岛村渐渐看入神了，忘记了镜子的存在，只觉得女孩好似在流逝的暮色里飘浮。

正当此时，她的脸上出现了灯火。镜像没能覆盖住灯火，灯火也没能覆盖住镜像。就这样，灯光在她脸上流动着，却没有点亮她的脸。那是一束远方的冷光。光只点亮了眼睛周围，在女孩的眼睛与灯光重叠的那一瞬，女孩的眼睛妖娆美丽得宛如夜色里的萤火虫。

叶子自然没有觉察到有人如此关注她。她的心思全在病人身上，就算她朝岛村这边看，也看不到车窗上的自己，更不会注意到这个眺望窗外的男人。

岛村偷看叶子这么久，却丝毫没有愧疚，这大概都是黄昏镜像的魔力。从她叫住站长，那么真诚又严肃地寒暄时起，他就对这个姑娘产生了不寻常的兴趣。

经过那个信号站时，车窗一片漆黑。流动的风景消失了，镜子也就失去了它的魔力。尽管镜子里还能看见叶子美丽的面庞和她温柔的动作，可岛村也在她身上发现了一丝她对于旁人的冷漠，所以不再去擦玻璃上的雾气。

又过了半个钟头，令人意想不到的是，叶子二人竟跟岛村在同一个车站下车了。真不知会有何际遇，会再见吗？岛村带着这样的遐想，不禁回首张望。可一到月台，一股寒气袭来，他突然又为自己刚才的行为感到羞愧，头也不回地从车头前穿过了轨道。

男人把手搭在叶子肩上，正要下到轨道，一名列车员隔着轨道举手示意，制止了他。

很快，漆黑中驶来一辆很长的货车，挡住了二人的身影。

客栈接人的伙计一身防雪的打扮，包着耳朵，脚踩着胶皮长靴，像是要去救火的消防员。候车室里的女人穿着蓝披风，系着头巾，隔着窗户向铁轨处张望。

岛村身上还带着火车上暖气的余温，尚未感到外面的寒冷。初次领略雪国的冬天，倒是先被当地人的装扮吓坏了。

"有那么冷吗？穿成那样？"

"当然啦，准备过冬啦。最冷的就数雪后天晴前的晚上啦。今晚，这会儿估摸着就得零下的气温了。"

"这就是零下啦？"岛村看了眼屋檐下可爱的

冰柱，与伙计上了汽车。白雪的颜色让各家各户本就不高的屋顶显得更矮，村子宛如陷入一片沉寂的深渊。

"见识了，摸到的东西都出奇地冷啊。"

"去年最冷时零下二十几度呢。"

"雪呢？"

"一般七八尺厚吧，大的时候得一丈二三尺呢。"

"看来大雪在后面呢。"

"是啊。这场雪也就一尺厚，已经融化得差不多了。"

"能融化吗？"

"说不定什么时候还会再下场大雪呢。"

十二月初的时节。岛村的鼻子本来像得了重感冒，堵住了，冷风吹来，瞬间疏通开了，直通大脑，仿佛洗净了污垢一般，稀鼻涕流个不停。

"老师傅那的女孩还在？"

"在，在。在车站呢，您没看见？穿着深蓝披风。"

"那个是她？回头叫她过来吧。"

"今晚就叫吗？"

"就今晚吧。"

"她去接站了，说是老师傅的儿子回来，今天的末班车。"

镜中那个叶子照顾的病人，看来就是岛村来见的女人师傅家的儿子。

岛村对于这奇妙的际遇心头泛起一些说不清的感觉，但也没太在意。岛村反而对自己的平淡而感到奇怪。

凭指尖触觉记住的女人，与眼神里闪烁着灯光的女人，她们之间有什么联系，又将发生什么？大概是他还没从那面黄昏景色的镜中清醒过来，他喃喃自语道："镜中流逝的黄昏，莫非预示着一去不复返的时光吗？"

滑雪季未到，正是温泉旅馆客人最少的时候。岛村在户内温泉里泡了澡出来，发现住客全都睡下了，周围十分寂静。过道太过陈旧，岛村每走一步都让玻璃门吱吱作响。走过过道尽头的账房拐角处，那里亭亭玉立站着的女人，她的衣服下摆搭在冰冷的黑亮木地板上。

看见她衣服的下摆时他心里一惊，到底还是当了艺伎吗？见她既没朝他走来，也没摆出姿势迎他，只是呆站在那儿不动，他感觉到了女人的执拗，赶忙紧走几步，到了女人身旁，闭口不言。女人浓妆艳抹，想展颜欢笑却一副哭相，二人都不说话，默默走向房间。

那次以后，他没写信给她，也没来看她，说好的舞蹈的书也不曾寄给她，女人一定觉得自己可笑，被人辜负了吧。这样想来，岛村应该先开口道歉或者解释一番。不过女人只是一直往前走没有看他，岛村察觉到女人并没有丝毫怪罪自己，反而依然爱慕着他，这让他觉得不论自己此刻如何辩解都是不真诚的。他沉浸在被爱慕所带来的奇妙的喜悦里，走到楼梯下面时，他突然伸出左拳，张开食指说道：

"它最记得你呢。"

"哦？"女人攥住他的食指没有松手，拉着他上楼梯。到了被炉①前她松开手，脖子涨得通红，为了掩饰慌张她又拉起他的手：

"想我的是它？"

"不是右手，是这个。"说着，他从女人手中抽出右手放回被炉，又一次亮出了左拳。她倒是一副无所谓的神情，说道：

"嗯，我知道呢。"

她笑着打开岛村握着的拳头，把脸放在手心上。

"想我的是它？"

"好冷啊！从没摸过这么冷的头发！"

"东京还没下雪吗？"

"你上次说的看来还是骗我。不然，谁会年底来这么冷的地方呢？"

上次，指的是雪崩灾情过后，芽苞初放的登山季。

---

① 日本传统取暖用具，在桌下放置取暖工具，后用被褥覆盖桌子。

记得没过多久，餐桌上就吃不到木通尖了。

那时清闲的岛村觉得自己越来越缺少认真劲了，只有到山里，才能找回一些，所以他总独自在山里转悠。那个晚上也是一样。他在县境的山里转悠了多日，七天后才下山，在温泉旅馆叫了艺伎。不巧那天赶上修路竣工庆功宴，村里的茧库和戏棚都被征用当作宴会大厅了，好不热闹，十二三个艺伎根本忙不过来。于是旅馆女佣想起了住老师傅家的女孩，说她就算去了宴会那帮忙，跳两三个舞也就回来了，兴许会来岛村这里。岛村详细一问，女佣三言两语说道，老师傅是教三味线① 和舞蹈的，住他家的女孩不是艺伎，不过有时有大宴会，也会叫她去帮忙，这里没有雏妓，大多是半老徐娘，不愿意站着跳舞，所以这女孩很受欢迎，她很少单独陪旅馆客人的，但也不算是纯粹的外行。

岛村听着觉得蹊跷，谁知过了约莫一个钟头，

---

① 日本传统弦乐器，与中国的三弦相近。

女佣竟真把她带了来。岛村一见吃了一惊，赶忙正襟危坐。女佣想着起身离开，却被她一把拽住衣袖，就又坐了下来。

她真是出奇地冰清玉洁，甚至让人觉得她的脚趾缝都是干净的。或许是自己方才满目尽是初夏的山野的缘故。

装束虽有些像艺伎，不过没有长下摆，只穿了件单层的软料和服，倒也得体。只是腰带看似十分昂贵，很不相称，反而映衬着寒酸。

岛村聊起了他去的山里，女佣此时趁机离开了。这些山名都是女子不曾知道的，尽管从村里每日可见。岛村也无心饮酒，听女子将她的身世娓娓道来。女子倒毫不隐瞒，说她就生在这雪国，后来去东京当艺伎，尚未出师时遇到了替她赎身的恩客，于是梦想着当一名日本舞的老师，以此糊口为生，谁知才过了一年半，恩人就与世长辞了。对于和那人死别之后的经历，恐怕才是真正的重点，女子倒无意急着和盘托出了。她说她年方十九，不知有没有隐瞒芳龄，看着怎么也有二十一二岁。聊到这里，岛村终于放开了些，主动提起歌舞伎，果然，女子比他还了解俳优们的演出风格和逸事。她仿佛一下子打开了话匣子，也许好久碰不到谈论这些的知音了，聊着聊着就熟络了起来，流露出风尘女子特有的气质。她好像看透了男人的心思。而他呢？从一开始就没把她当艺伎，而且时隔一周才与人说话，所以倍感亲切，视她为知己，将在山里的孤独，一股脑儿地倾诉给了女子。

翌日午后，女子将浴具放在走廊里，然后跑到他屋里。

女子还未坐定，他突然开口，让她介绍艺伎。

"介绍？"

"你懂的。"

"那不成。我做梦也没想到你会托我这种事。"女子猛地起身，走到窗前，远眺县境的群山，顷刻间红了脸。

"这可没有那种人。"

"胡说。"

"是真的。"说着，她转过身，坐在窗边。

"这可不是能强求的呀，都得看艺伎们谁愿意，旅馆也绝不会提这种要求。是真的。你叫个人来，直接交涉好啦。"

"你帮我问问嘛。"

"我为什么要帮你呢？"

"我可当你是朋友呢。拿你当朋友，才不好打你的主意。"

"这是拿我当朋友？"女人说了句带着一些孩子气的话。她又接着冒出了一句："亏你说得出口。竟然托我办这种事。"

"这有什么呢？我在山里待着，身子好起来了，脑子却总是惦记着，就算跟你说话，也做不到胸怀坦荡。"

女人垂下眼睑，不说话了。岛村想，男人不过是厚着脸皮，彻底袒露了心思，女人就通情达理、善解人意地点头，想必也是性情使然。她低着头，浓密的睫毛清楚可见，温婉如玉，十分妩媚。岛村端详着，只见女人稍向左右摇了摇头，脸又泛起了红晕。

"叫你喜欢的吧。"

"所以才问你呢。我第一次来这，也不知道谁长得好看。"

"你说的好看是？"

"要年轻的。年轻的大致错不了。要文静的，不要唠叨的，洁净一点就可以。等我想聊天的时候就找你聊。"

"我再也不来了。"

"胡说！"

"真的，不来了。还来干吗？"

"咱俩是好朋友，我不是说了不打你的主意吗？"

"讨厌。"

"要真是冒犯了你，或许次日就不敢再见你一眼了，也没法跟你说话了。你想想，我从山里出来，好不容易有个说话的人儿，不会打你主意的。毕竟，我也不过是个游客而已。"

"嗯。这是真的。"

"是吧！你想想，我要是找了个你讨厌的女子，以后再见你也会不舒服吧？要是你挑选给我的，多少还好些吧？”

"关我什么事。"女人狠狠地回了一句，扭过脸去又说，"这倒也是。"

"要是同女人过夜，那才扫兴呢，交往也不会持久的吧？"

"嗯。还真都是如此。我出生在海港，现在到了温泉。"女人轻描淡写地说道，"客人大多是过客而已。我从小就听他们聊天，那些喜欢你却没当面说出来的，心里总会惦记着，忘不掉啊，分开以后也记着。对方也会记挂着你，给你写信，都是如此。"女人从窗边起身，在窗下的榻榻米上懒散地坐下。

她仿佛陷入了陈年岁月的回忆中，忽然间发现自己坐到了岛村近旁。女人的声音太过动情，反倒让岛村觉得是自己轻易地哄骗了她，心里有些愧疚。

不过他并未说谎，女人尚且涉世未深。他想要女人也只是想要个触手可及的，并非非得要她。她太过清纯了，从初见第一眼起，他就没往那上面想。

况且他正在挑选夏天的避暑地，寻思着要带家人来这个温泉乡。若真成行，这个尚未出师的少女倒能和妻子玩到一起，也能教一段舞蹈哄妻子开心，他是真心这样打算的。不过，尽管他对这个女子怀着某种友情，他还是逾了矩。

当然，这里或许也有一面观看暮景的镜子吧。他觉得跟这个不知底细的女人事后会很麻烦，也觉得不太现实，就像映在黄昏中行驶的列车车窗上的女人的脸一样。

他喜欢西洋舞蹈还不是一样。岛村长在东京的市井人家，从小就接触到了歌舞伎，上学以后对其中的舞蹈动作乃至日本舞蹈颇感兴趣，想要彻头彻尾研究一番，才肯罢休。他翻看了老的文献，拜访了各派宗师，结交了业界新人，还尝试撰写研究论文和舞蹈评论。不过，一来二去，他既看不上日本舞蹈的一成不变，也不满于改良派的自命清高，等业界新锐们纷纷劝他出山，他也觉得到了非他莫属、得大刀阔斧有一番大作为时，他却急流勇退，从此转向西洋舞蹈，再也不看日本舞蹈了。他的兴趣彻底转向西洋舞蹈，搜集文献和照片，还从国外买了海报和戏单。他这样做，不只是出于对外国和未知事物的好奇心。他邂逅新的兴趣的喜悦，源于他无法亲眼看见西洋人跳舞的神秘感。很明显，岛村根本不看日本人跳的西洋舞。单凭西方的印刷物来研究西洋舞蹈，没有比这更轻松的事了。对他来说，舞蹈不是用来看的，只是纸上谈兵，像天国里的诗。说是研究，却不过是他的随意想象，他不去欣赏舞蹈家鲜活肉体一跃而起的艺术，只是一味浸淫于西方文字、照片带给他的幻想里——那里，一个幻影翩翩起舞。就像单相思一样。不过，他有时也写写介绍西洋舞蹈的文章，多少算个评论家，这足以让他自嘲，也让他这个无业游民聊以慰藉。

他在日本舞蹈方面的积淀，倒拉近了女人和他的距离，这些多年前的知识竟在现实中派上了用场，不过不知不觉间，岛村还是拿女人当作西洋舞蹈了。旅人淡淡的忧伤，触碰到了女人生活中最脆弱的一面，这不禁让他内疚起来，觉得自己哄骗了她，于是他开口说：

"咱们是朋友，下次我带家人来，还能一块聚聚。"

"嗯，明白你的意思了。"女人压低了声音，微笑着说。然后又露出艺伎的一面说：

"我也喜欢那样。平淡如水的交情，才能长久嘞。"

"所以就拜托你啦，给我叫一个嘛。"

"现在就要？"

"嗯。"

"吓坏我了。光天化日之下，怎么说得出口？"

"残羹冷炙我可不要。"

"你太小瞧我们了，你以为这个温泉旅馆只知道捞钱？你看看村里，还看不明白吗？"女人认真强调着，反复澄清没那种女人，语气里透着失望。岛村表示不信，女人一口咬定没有，不过让了一步，说是艺伎的自由，如果不拒绝留宿，要由艺伎承担责任，一切后果主家概不负责，如果艺伎拒绝留宿，那由主家负责关照。

"什么责任？"

"怀孕或者染病什么的。"

岛村也为自己愚蠢的问题弄得哭笑不得，估计这村里还真有这类事发生。

想来，他过着无所事事的生活，自然喜欢寻求安逸，对于所到之处的风土人情，他总是有种本能的敏感。从山上下来后，他很快就感到这个简朴的山村如此恬静自得，在旅馆一打听，这果然是雪国最宜居的一个村子。这几年才通了铁路，之前多为农户们来泡温泉。有艺伎的地方竟是料理店，或是卖红豆粥的甜品店，挂着写有字号的门帘，大多都已褪色，破旧拉门已经被熏黑，真不知这里是否真的有客人。还有些日用杂货店和糖果店，就请了一个伙计，开店的店主看来还得去田里干活。老师傅家的姑娘尚未出师，却也偶尔去宴会上帮忙，可见没有什么拿得出手的艺伎。

"大约有多少？"

"艺伎吗？有十二三个吧。"

"找个什么样的好呢？"

只见岛村起身按了铃，她于是说道：

"那我回去了哦。"

"你可不能走。"

"不愿意待着。"女人仿佛要甩掉羞辱一般，说道，"我回去啦。没事的，根本不放在心上的。再会。"

这时女佣来了，女人见状，又不露声色地坐下了。女佣问了多次要叫哪个艺伎女人都没点名。

过了一会儿，来了个十七八岁的艺伎，岛村一看，顿时觉得索然无味，从山里出来时对女人的欲望瞬间消失殆尽了。艺伎那骨瘦如柴的黝黑手臂，稚气未脱，看着人倒不坏。岛村佯装平静，虽然面向艺伎，眼睛早就飘向窗外的青山了。连话都懒得说了。这里的艺伎到底是山野村姑啊。见岛村不苟言笑，女人知趣地起身似乎是准备离开了，此时场面变得更加尴尬了，磨蹭了一个钟头，岛村寻思着有无借口打发艺伎们离开。他突然想起了一笔电汇，得去一趟邮局，于是和艺伎一起离开了房间。

到了旅馆玄关，岛村抬头仰望后山，一股嫩嫩的新芽味沁人心脾，仿佛引诱着他，他一路狂奔爬上了山。

不知道有什么可笑的，总之岛村一个人大笑不止。

差不多走累了，他才掉转回身，撩起浴衣后襟，一溜烟跑下了山。这时，一对黄色蝴蝶从他脚下翩翩起舞。

它们相互追随，飞得比县境处的山还高，看着黄色逐渐变白，越飞越远。

"怎么了？"

女人站在杉树树荫下。

"看你乐的。"

"我不找了。"岛村又莫名地想笑，"不找了。"

"真的？"

女人猛地一转身，慢悠悠朝杉树林走去。

他也默默跟了去。

走到神社。长满苔藓的石狮子旁，有一处平坦的石头，女人在那坐下了。

"这儿最凉快了。盛夏也有凉风吹来。"

"这儿的艺伎，都是那般模样？"

"差不多吧。有几个有姿色的，不过年纪大了。"女人低下头，平淡地说。杉树的暗绿色投影在她脖子上。

岛村抬头仰望杉树梢。

"算了。身子一下子疲惫起来，一点力气都没有了。"

杉树很高，要背着手撑在石头上，整个身子都向后仰才能看到全貌。它笔直的树干高耸挺拔，深暗的树叶遮住了天空，周遭一派寂静。岛村靠着的这棵树，是杉树林中年代最久远的一棵，不知为何，只有北侧的树枝从上到下都枯萎了，残余的根部看似是倒置的尖头木桩插回了树干一样，俨然是神灵的武器，让人望而生畏。

"是我想错了。从山上下来，遇到了你，就以为这儿的艺伎都这么美。"岛村笑着说。他这才明白，在山里涵养了七日的精气神，如此急于挥洒，就是因为见到了这个冰清玉洁的女子。

远处的河川在夕阳的照映下波光粼粼，女人始终眺望着，百无聊赖。

"哎呀，我都忘了。这是你的烟吧？"女人轻描淡写地说道，"刚才回到你房间，看你不见了。我琢磨着你去哪了呢，原来一个人狂奔进山里了。从窗户看见的，觉得奇怪哩。看你忘了带烟，我就给你拿来了。"

说着，她从衣袖里掏出了他的烟，点燃了火柴。

"我觉得对不起那姑娘呢。"

"没事的，这种事都是看客人方便，什么时候打发都可以。"

河水潺潺流过积在河底的石子，传来圆润的水流声。透过杉树的缝隙，可以看见对面山襞渐渐着上了深色。

"如果找不到和你差不多的女子，以后和你再见面时，岂不是很失望。"

"跟我不相干。你这人可真难缠。"女人沉着脸，语气有些不屑。不过两人还是有些情愫相通了，跟叫艺伎之前迥然不同。

岛村想明白了，从一开始就是想得到这个女人，只不过是照例兜了个圈子。一想到这里，他忍不住厌恶自己，同时觉得女人格外美丽。从杉树林荫下叫住他后，他觉得女人的身影是那么清爽通透。

高高的细鼻梁虽略显单薄，但下面的樱唇宛若水蛭环节，伸缩自如，美妙绝伦。默不作声时，樱唇都似在动，倘有一丝唇纹或些许杂色，都会有碍观瞻，可它偏偏没有一丝瑕疵，那么温润，泛着光泽。眼角既不上翘，也不下垂，仿佛精心勾画出的一般，笔直得让人难以置信。两弯柳叶眉，眉毛短而浓密，恰到好处地映衬着眼睛。脸颊稍耸的圆脸，轮廓并不惊人，但皮肤白得像白瓷，还淡施了胭脂，颈部全无赘肉，当真是冰清玉洁，美倒还是其次。

女人的胸脯在雏妓里还算挺拔。

"哎呀，怎么来了这么多黑蝇。"女人扇动着下摆，站起了身。

周围一片静谧，二人都已经显露出无聊的神色。

大约当晚十点钟时，女人在走廊里大叫岛村的名字，咣当一声栽倒进他的房间，仿佛被人扔在那里。她扑倒在桌上，用酒醉的手胡乱抓起桌上的东西，随后开始咕噜咕噜地喝水。

她说去年冬天在滑雪场结识了几个男人，傍晚时分，他们翻山越岭来了，正巧遇到，随后邀她到旅馆，还叫了艺伎热闹了一番，席间被劝了好多酒。

看样子她脑子晕乎乎的，一个人叨叨个不停，说了一句"我失陪啦，他们一定在找我呢，不知道我去哪儿了，待会儿再来哦"，便跟跟跄跄离开了。

约莫过了一个钟头，又从走廊传来凌乱的脚步声，似乎跌跌撞撞，多次栽倒。

"岛村先生，岛村先生！"她尖着嗓子喊。

"呜，看不见你嘛。岛村。"

听那喊声，显然是女人赤诚地呼唤自己的男人。这是岛村未曾想到的。不过这喊声太有穿透力，定是响彻了整个旅馆，让岛村有些迟疑，他站起身，女人恰巧此刻抓住了门框，手指按进拉门，顺势倒在了岛村身上。

"哎呀，你不是在嘛。"

女人贴着他坐，半靠着他。

"我没喝醉。没，没醉嘛。难受。就是难受啦。心里可明白着呢。呜呜，想喝水。不该掺威士忌，太上头，头好痛啊。他们买来的都是便宜货。我又不懂。"说着，还用手掌不停地揉脸。

外面的雨声顷刻间大了。

只要稍一松手，女人就瘫软下来。岛村搂着她的脖子，他的脸快把她的发髻压散了，手已在她的怀中。他求，她却不应，双臂盘在胸前，像门闩一般。或许因为酩酊大醉，浑身无力吧，她说着：

"一点劲儿都没有。糟了。糟了。没有力气。这样子了。"说罢，猛地咬住了自己的手臂。

他一惊，赶忙拨开，一看，已有深深的齿痕了。

她却由着他的手掌不再理会，开始胡乱写起字来，说要写她心上人的名字。写了二三十个舞台演员和电影明星，之后就是无数个岛村的名字了。

岛村手掌里圆鼓鼓的东西渐渐热乎了。

"安心了，安心了。"他的语气那么温和，俨然如慈母一般。

女人突然痛苦起来，挣扎着起身，跑到房间另一个角落里趴下。

"不行，不行。我得回去，我要回去。"

"能行吗？下大雨呢。"

"光脚回去。爬回去。"

"很危险的。要真回去，我送你。"

旅馆在小山坡上，有一段陡坡。

"松松腰带，稍微躺会儿，酒醒了再回去吧。"

"不行。这样就好，我习惯了。"女人端坐起身，挺起胸，喘息声听着却更痛苦了。她有些作呕，打开窗子却没能吐出。她看着难受得想打滚，却始终忍着，有时打起精神，说要回去，这样反复多次，转眼间过了凌晨两点了。

"你睡吧。快，让你睡呢。"

"你呢？"

"我这样就行。稍微醒醒酒就回去。不等天亮就回去。"她拉着岛村，跪着挪步。

"不用管我嘛。你睡你的。"

岛村刚一躺下，女人就趴在桌上喝水，又说：

"起来吧。让你起来呢。"

"到底让我怎么着？"

"还是睡吧。"

"说胡话呢？"岛村站起身，拖着女人过来。

女人左右躲闪着，最后突然探出了嘴唇。

可到了末了，女人像说胡话一样，极其痛苦地诉说道：

"不行。还是不行。你不是说了吗？我们要做朋友的。"不知究竟说了多少遍。

岛村知道这是她的肺腑之言，看她眉头紧锁、努力克制的坚定劲儿，自己也觉得扫兴，没了兴致，转念一想，还是遵守与她的约定吧。

"我没什么舍不得的。绝对不是舍不得。但我不是那种人。不是你想的那种人。你自己也说了，不会长久的。"

她醉得已不能自己。

"不是我的错。是你不好。你输了。你没胆量。

不是我。"她信口开河叨叨着，咬住袖子，尽量克制着欲望。

她安静了一会儿，仿佛丢了魂魄一般，猛然间仿佛想起了什么，突然开头说道：

"你在笑我吧？一定在笑我。"

"没有。"

"你在心里笑我呢吧？就算这会儿不笑，日后一定会笑我的。"女人伏下身子，抽泣起来。

但很快，女人就不哭了，紧贴着他，身子软软的，像跟老朋友倾诉般掏出了心里话。醉酒的痛苦仿佛顷刻间跑到九霄云外了。她一句没提眼下的事。

"哎呀，光顾着说话，都忘了别的了。"她红着脸，微笑着说。

她说要赶在天亮前回去："天还黑着呢，这儿的人都起得可早呢。"几次起身，打开窗子张望。

"还不见人影。今早下大雨，大家都不去田里。"

对面的山麓、屋顶在雨中渐渐现了身影，女人还是有些恋恋不舍。不过她还是赶在旅馆的人们起床前梳好了发髻。岛村本要送到玄关，又怕旁人看到，女人便独自一人匆忙离开了，像逃跑一般。女人走后，岛村启程回了东京。

"你那时说的话，到底是骗我的。要不然，谁会在年底这么冷的时候来这儿？不过，后来我也没笑哦。"

女人猛地抬起头，她的眼睑碰到岛村的手掌。透过厚厚的白脂粉，岛村都能看到，从眼睑到鼻子两侧泛起了红晕。可见雪国的夜晚多么寒冷，也因为黑发的映衬，带给人一丝暖意。

她脸上闪过一丝迷人的浅笑，岛村不知道，是想起了那时的往事，还是身体被自己的话渐渐焐热了。女人低下头时，顺着衣领可以看到她泛红的后背，仿佛娇嫩温润的身体整个儿露了出来。配合着发色，更让人产生这种错觉。她的额发倒也算不上细密，却似男人般粗壮，富有光泽，毫无碎发，像黑色矿石一般有分量。

岛村想，方才触摸时，感慨竟有这般冰冷的头

发，或许不是因为寒气，而是这秀发素来如此。想
到这里，他又望了望女人的头发，见女人在被炉桌
上数起了手指，还数个没完。

"算什么账呢？"岛村问，女人不作声，继续
数手指。

"五月二十三号。"

"原来在数日子呢。别忘了七、八月可都是
三十一天。"

"嗯。第一百九十九天。今天正好是第
一百九十九天！"

"想不到，你记得真清楚啊，还记得是五月
二十三号。"

"一看日记便知嘛。"

"日记？你还记日记？"

"嗯。我喜欢翻看往日的日记。都是有什么就
写什么，自己看都会害羞呢。"

"从什么时候开始的？"

"快要去东京当学徒的时候。那时候穷，自
己也买不起，我就在两三文钱的杂记本上画线，用

尺子画细线，铅笔要削细些，画出的线好看。然后我就从上往下写，密密麻麻写满了小字。后来自己有钱买了，反倒不行了。因为不珍惜了。练毛笔字还不是一样？以前都写在旧报纸上，现在都用宣纸了。"

"你的日记一天都不落吗？"

"嗯，十六岁时的，还有今年的，最有趣。我总是从宴会回来以后，换上便服再记日记。总是很晚的时候。有时写着写着就睡着了，不过回头再看，有时竟能看懂呢。"

"是吗？"

"不过也不是每天都去宴会，也有休息的时候。这是山里，去宴会的日子毕竟有限嘛。今年只买到了每页带着日期的，真是不实用。有时一写就收不住笔，写得很长。"

比日记还让岛村吃惊的是，她从十五六岁就开始记读书笔记，把读过的小说一个个全都记下来，已经记了十本杂记本了。

"你是写下读后感吧？"

"我可写不了什么读后感。我只记下题目，作者，出场人物的名字，人物关系，就这些啦。"

"这些能算读书笔记？"

"可我也只会这些了。"

"真是徒劳。"

"的确是。"女人毫不介意地爽快附和着，直勾勾地注视着岛村。

不知为何，岛村想再大声说一遍徒劳，却没有说出口。他沉默着，如雪花飘舞般寂静，被女人吸引了去。他知道，对她来说，这绝非徒劳，越是敲打她，告诉她一开始就是徒劳的，越觉得她实在单纯无比。

听她聊起小说，其实都是些与通常意义上的文学毫不搭界的东西，不过就是跟村里人互换妇女杂志看。村里人的交情也仅限于此，杂志也是各读各的。读物无从选择，阅读也一知半解，不过是看到旅馆客厅放着小说和杂志，借来读读而已。她回忆起的新锐作家的名字，大多是岛村从未听到过的。从她口中听到的，仿佛很遥远，像外国文学一般，

像无欲无求的乞丐发出的哀号。岛村想，自己靠外
国文字、照片憧憬西洋舞蹈，想来也是同理。

她还高兴地聊起电影和戏剧，也都是些她从
未看过的。她等了很多年，才遇到能聊这些的知
音吧。她好像忘记了，就在一百九十九天前，她
也是沉醉在这些话题里，才有了后来的主动投怀
送抱，此刻，她还是一样，侃侃而谈，自我陶醉，
自我升温。

她对城里的憧憬，现在已经幻灭，她早已放弃
了梦想。城里的破落户还高傲地发着牢骚，相比之
下，前者更是单纯的徒劳。她自己倒不觉得自己落
寞，只是岛村看在眼里，觉得她实在可怜。想着想
着，岛村越发陷入悠远的感伤中，甚至连活着都觉
得徒劳。可眼前的女子，却带着鲜活的血色，那是
被浸染的山色。

无论如何，岛村眼中的她今非昔比了。她现在
是艺伎了，有些话更难启齿。

他想起彼时的她，喝得烂醉，手臂麻木无力就
用牙齿去咬。

"一点劲儿都没有。糟了。糟了。没有力气。这样子了。"她狠狠地咬了手臂。

腿不听使唤,她就打着滚,还说:"绝对不是舍不得。但我不是那种人。不是你想的那种人。"

岛村迟疑时,女人第一时间察觉了,像推开他一般,说:

"是零点的上行车。"列车鸣笛恰在那时传来,她猛地起身,不管不顾地打开纸拉窗和玻璃窗,一屁股坐在窗边,身子都探了出去。

一股寒气顿时袭来。列车鸣笛渐渐远去,听来宛如夜风。

"喂,你不冷吗?蠢货。"岛村也站起身,才知无风。

夜景一派肃穆,传来阵阵冰裂声,仿佛是从大地深处发出的。今夜没有月亮,却繁星众多,多得让人难以置信。仰望天空,星星闪亮无比,宛如在以虚幻的速度缓缓坠落。顷刻间,点点繁星越发逼近了,夜空厚重而深远。县境的山脉已分不清层次,变成了一坨熏黑的厚块,很有分量地垂落在星空下方。万物寂静和谐。

见岛村靠近了，女人趴到了窗栏上。不是软弱的，在这夜幕下再无比那更倔强的身影了。岛村想，还是如此啊。

群山本是黑色，可不知何故，他清楚地看到了雪的颜色。这让他觉得群山都是透明且冰冷的，天空跟群山并不和谐。

岛村搂着女人的脖子，说：

"要感冒的，这儿冷。"说着，要一把向后拽走她。

女人紧抓着窗栏不放，用颤抖的声音说：

"我要回去了。"

"走吧。"

"再让我这样待会吧。"

"好吧。那我去泡澡了。"

"不嘛。你也在这待着嘛。"

"那就把窗关上。"

"再让我这样待会儿吧。"

村子半隐在杉树林荫下，由树林镇守一般。车站距离这里不到十分钟，站里亮着灯，也仿佛要嘎嘣一声被寒气击碎。

女人的脸颊，玻璃窗，自己穿的棉袍的衣袖，手所及之处，处处都使岛村第一次感到那样地冰冷。

他觉得脚下的榻榻米都是冰凉的，岛村打算一个人去泡澡。

"等下。我也去。"这回女人乖乖跟了过来。

女人把他脱得凌乱的衣服收进衣篓，这时进来了个男房客，女人一脸惊慌，赶忙把脸扭向岛村胸前。男房客见状，说道：

"哎呀，打扰了。"

"不妨事。我进那边的池子。"岛村赶忙说道。他赤裸着身子，抱起衣篓，向隔壁的女浴池走去。女人自然是假装夫妻的样子跟了来。岛村既不说话，也不回头，跳进了温泉。他得意地大笑起来，把嘴凑到山泉口，胡乱地漱了漱口。

回到房间，女人侧着脸，略抬头，用小指整理两鬓的碎发。

"很难过。"女人只说了这一句。

女人半睁着黑色的眼睛，岛村走近一看，方知是睫毛。

这个神经质的女人一夜无眠。

是女人整理腰带的声音吵醒了岛村，腰带听来硬邦邦的。

"这么早惊醒你，对不起。天还黑着呢。你要不要看看我？"说着，女人关了灯。"能看见我的脸吗？还是看不见？"

"看不见。天还没亮呢。"

"瞎说。别敷衍我，拜托好好看看。如何？"女人打开整个窗户，说道，"你个坏人。能看到了吧？我走了哦。"

清晨的寒气让岛村一惊，他从枕头上抬起头，看见天空仍笼罩着夜色，远山却早已迎来清晨了。

"嗯，这会儿无妨。现在是农闲期，不会有人这么早出来的。就怕有人去山里。"女人一边自言自语，一边拖着未完全穿好的腰带，踱着步子，"刚才五点那班车，没有客人下来呢。房客们都还没起呢。"

系好腰带，女人一会儿站着，一会儿坐下，在房间里走来走去，向窗外张望，仿佛是害怕天明的夜行动物，焦躁不安地四处乱窜。房间里弥漫着不可捉摸的野性。

渐渐地，房间里亮起来了，再也遮挡不住女人绯红的脸颊。鲜艳的红色让岛村一惊，看得入了神。

"脸颊通红呢，被冻的吧？"

"不是因为冷，是因为卸掉了白脂粉。我一进被窝，连脚指头都腾腾冒热气呢。"她对着枕边的镜台，说道，"这么快天就亮了。我该回去啦。"

岛村朝那边看去，下意识地缩回了头。镜子深处是晶莹剔透的白雪，雪中浮现出女人赤红的脸颊，那是无瑕的洁净之美。

太阳升起来了，为镜中雪添了份燃烧的光辉。雪中映着女人的秀发，散发着耀眼的紫黑色光泽。

旅馆沿着墙壁挖了简易沟渠，让浴池里溢出的热水在里面循环，或许是为了防止积雪吧。沟渠在玄关处交汇，仿佛一处小温泉。一只健壮的黑毛秋田犬跑到了踏石上，喝了半天温泉水。一排晾晒的滑雪板，像是从仓库搬出来，为客人准备的，散发着淡淡的霉味，在泉水的热气里有了一丝甜味，杉树枝和大浴池屋顶上的积雪块也圆润了起来，没了棱角。

从岁末到正月，那条道就会消失在暴风雪中。要去宴会，得穿着裤、橡胶靴，披着斗篷，裹上头巾。那时的雪得有一丈厚呢。女人说的那条路，是从坐落在山坡上的旅馆的窗子能看到的路，女人天亮前鸟瞰的，岛村经过的，都是这条路。路旁的尿布晾得很高，从尿布下面，可见县境处的山脉，积雪泛着光芒，一派恬静。青葱还未被埋在雪中。

村里的孩子在田里踩着滑雪板。

进村以后，传来了淅淅沥沥下雨般的声音，屋檐下的小冰柱晶莹发亮。

抬起头，看见屋顶上的男人正在扫雪。

"喂，顺手把我家的也给扫扫呗。"洗澡归来的一个妇女正拿毛巾擦着湿漉漉的额头，说道。她是外来务工的女佣，赶在滑雪季前便来帮忙。邻家咖啡馆玻璃窗上的彩绘早已褪色，屋顶倾斜。大多数屋顶是由窄窄的木条垒成，上面压着一排排石头。石头没有棱角，只有一半向阳的地方在雪中露出了黑黑的底色，那颜色，看上去黯然无光，更像是在长年风雪肆虐下吹染的黑斑。一间间房子都是北方常见的矮屋顶，仿佛匍匐在地上一般，屋顶的石头像极了这些房屋的缩影。

一群孩子从沟渠抱起冰块，在路上扔着玩耍。冰块在空中飞舞时清脆地碎裂，还闪着光芒，很难一见。岛村在日光下伫立，看了好一会儿，觉得冰厚得不可思议。

一个十三四岁的女孩子，独自靠在石墙边织毛衣。下着山裤，脚穿高齿木屐，没穿袜子，赤着脚，看得出脚上冻裂了口子。一个三岁的女童被人放在了旁边的柴垛上，呆呆地攥着一个毛线球。连接两个女孩的那根灰色旧毛线，映出暖暖的光。

间隔七八间房屋外的滑雪板作坊里传来刨木头的声音。对面屋檐下站着五六个艺伎，正在闲聊。

他寻思着，驹子可能也在其中。驹子是艺名，今早才从旅馆女佣那打听到的。果然，她朝他这边张望了，一脸严肃。她的脸一定通红了，偏偏装出云淡风轻的样子，岛村还顾不上琢磨这些的工夫，只见驹子连脖子都通红了。那就干脆回过头去好了，可她偏偏难为情地垂着眼，在他每向前一步时，都把脸向他这边缓缓地转过来。

岛村自己也觉得脸烫得很，一溜烟地走了过去，驹子却赶忙追了过来。

"好难为情。你经过那里。"

"难为情？我才难为情呢。那么多人围在一起，吓得我都不敢经过了。你们总是那样吗？"

"对呀，过了晌午经常这样。"

"你红着脸，这样追过来，就不觉得难为情？"

"无妨无妨。"驹子干脆答道，脸又红了，不再往前走，抱住了道边的柿子树。"我跑过来，是想让你到我家去看看。"

"你家在这儿？"

"嗯。"

"给我看你的日记，我就去你家。"

"我要把那些东西烧掉再死。"

"可你家不是有病人吗？"

"天呐。你竟然知道。"

"昨晚你不是也去车站了吗？你是去接站，披着深蓝色斗篷。我就是乘那趟车来的，就坐在病人附近。有个女孩一路照顾着，很温柔，很贴心，是他家眷吧？是从这儿过去接的？还是东京的？像慈母一样，看得我好羡慕。"

"那你昨晚为何不告诉我呢？为何不说？"驹子板起脸来。

"是家眷吧？"

她却不答，只道：

"为何昨晚不说？真搞不懂你。"

岛村不喜欢女人如此敏感。驹子自己想必也不愿如此，但驹子性格使然，如此反复追问，刨根问底，让他觉得碰到了要害处。今早看到镜中的驹子，映陈在山间雪景中，让他想起了黄昏列车映在车窗上的女孩，可为何没告诉驹子呢？

"有病人也无妨啊。没人会来我房间的。"驹子钻进了矮矮的石墙里。

右边是被雪覆盖的田地，左边一排柿子树，沿着邻家的院墙。屋前像是花圃，正中是个小荷塘，冰已被捞到池边，内有红鲤游动。房屋陈旧得犹如柿树的树干。屋顶还有些残雪，屋顶的木板已经腐朽，在屋檐上勾勒出了波浪。

一进土间①，顿时觉得凉飕飕的，黑咕隆咚里被带上了梯子。真就是梯子。上面就是间小阁楼。

"这间原来是用来养蚕的，吃惊吧？"

"醉酒回来，还能爬上这梯子，不摔跤？"

"会摔呢。摔到下面被炉那，多数时候也睡在那了呢。"驹子将手伸进被炉的被子底下摸了摸，就去取火了。

岛村环视这个奇怪的屋子四周，只有南面有扇

---

① 土间，是指不铺地板、可穿鞋活动的室内空间，在旧式日本房屋中常见，常用于存放农具、开展炊事活动。最常见的是玄关的土坯房。

矮矮的小窗，纸拉窗是新糊的，格子很细密，阳光照在上面，看着很亮。

墙壁上规整地糊着练书法用的纸，人很像待在一个旧纸盒里。头上是裸露的房梁，数窗户处最矮，黑压压的，笼罩着一股阴郁。一想到神秘的墙壁外面，就觉得这屋子像悬在半空，岛村不觉心慌起来。不过，墙壁和榻榻米虽旧，倒很干净。

睡在这里的驹子，也像蚕一样，有着透明的身子吧。

被炉上方搭着棉被，跟山袴花纹一样。柜子也旧了，却是优质的直木纹桐木做的，是驹子住在东京时用的。镜台太过粗糙，与柜子很不相称。朱漆针线盒却散发着上等的光泽。墙上钉着一格一格的木板，许是书橱，垂着薄毛料帘子。

墙上挂着的衣服，正是她昨晚赴宴时穿的那件，露着红色的内衬。

驹子拿着火铲，熟练地爬上了梯子。

"从病人房里拿来的，听说火不传染。"说着，她低下头，拨弄被炉里的灰，说病人是肠结核，回老家来等死的。看得出，她的头发是新梳理的。

老家倒也不是他的老家，是他妈妈的老家。他妈妈在港口做了多年艺伎，后来在那扎了根，教舞蹈为生，不到五十岁就患了中风，为了疗养，才回到温泉。他呢，从小就喜欢摆弄机器，终于如愿进了钟表店，妈妈就没带他回来。不久，他去了东京，听说还上了夜校。可能是太拼命了吧，今年才二十六岁。

说起这些，驹子一气呵成，可带他回来的女孩是谁，为何她自己住在这里，却只字未提。

不过，这间仿佛悬吊在空中的小屋，显然也笼不住驹子的说话声，岛村待着很不踏实。

离开屋门时，一个发白的东西映入眼帘。他回头一看，竟是桐木的三味线琴盒。他觉得比平时看到的更大些，也更长些，简直难以想象要扛着它去赴宴。这时，已经熏黑的拉门开了。

"驹子，跨过去没事吧？"

声音清脆、好听，带着几分忧郁，像不知何方传来的回声。

这声音岛村并不陌生，就是从夜车车窗召唤雪中站长的声音，是叶子。

"无妨的。"见驹子答应了，叶子稍一纵身，山袴就迈过了三味线。她手里还拎着个玻璃夜壶。

从昨晚她跟站长的对白看，她应该就是这附近的姑娘，这件山袴更印证了叶子就是本地人的猜想。她的腰带很华丽，一半露在山袴外面。山袴是黄黑相间的宽条纹，两种颜色交相辉映，十分显眼。毛料质地的衣袖也是一样，光鲜亮丽。山袴是在膝盖略靠上处分开裤筒的，很宽松，棉布虽硬，却很有型，让人看着很舒服。

叶子只是扫了岛村一眼，没打招呼，就经过了土间。这一眼如同尖针一般。

走到外面，叶子的眼神似乎仍停留在他额前。目光如炬，如同远方灯火一般冷峻。因为他想起了昨晚的她。他凝望着映在列车车窗上的叶子的脸，寒山灯火从她脸后流走，灯火与明眸重合，瞬间点亮了他，他为这难以言语的美心动。想起这些，又禁不住想起映在镜中的一派雪景中的，驹子的红脸颊。

想着想着，他加快了步子。别看他的白脚丫还有些赘肉，但因为喜好登山，一边走路一边欣赏着山里风光，走着走着就情不自禁了，不知不觉间步子迈得飞快。想来，那映着黄昏景致和清晨雪景的镜子都非人力作为，而是自然所赐，来自另一个遥远的世界。

就连刚刚离开的驹子的房间，仿佛也是那个遥远世界的。他惊讶于自己的这个念头。爬上山坡时，走来一个按摩的妇女，岛村像要抓住救命稻草一般，说道：

"按摩师傅，能给我捏捏吗？"

"等下。不知道现在几点了呢。"说着，她把竹杖夹在腋下，右手从腰带间取出带盖的怀表，左手指尖拨弄着表盘，说，"都两点三十五分了呢。我三点半得赶到车站那边，不过晚点应该也没问题吧。"

"您竟然知道表上的时间！"

"嗯，因为我卸掉了玻璃盖。"

"一摸就知道数字了？"

"那可不知道。"她又掏出了怀表——银色的，对女人来说有些大——打开表盖，手指给他看，告诉他这是十二点，这是六点，这两个的正中间就是三点。

"这样一算，就算做不到分毫不差，也能做到八九不离十。"

"那就好。当心坡路别摔着。"

"下雨时，我女儿会来接我。晚上只给村里人按摩，就不到坡上来了。旅馆的女佣说是我家男人不让晚上来，我也没法子。"

"孩子都大了？"

"嗯，最大的姑娘十三了。"说话间两人来到了房间，她默不作声捏了一会儿，远处筵席传来三味线的声音，她侧耳倾听。

"是谁呢？"

"你听琴声就知道是哪个艺伎？"

"有的能听出来，有的听不出来。先生，您可是贵人，身子软得很。"

"没什么瘀滞的地方吧？"

"瘀滞的就是脖子了。您的身子真匀称，不胖不瘦，不饮酒吧？"

"说得真准。"

"我有三位客人，跟您体形相似。"

"这体型很普通。"

"怎么说呢？不喝酒真是没乐子，喝了酒什么都抛脑后啦。"

"你家男人喝吧？"

"喝，没法子。"

"是谁弹的三味线？真差劲。"

"是啊。"

"你也会吧？"

"会。从九岁学到二十岁，不过结婚以后就再也没弹，十五年没碰了。"

岛村觉得她看着比实际年龄年轻。

"小时候练就的可是童子功。"

"现在这手只会按摩了。耳朵倒还可以。有时听着艺伎们的琴声，真让人着急，想起了自己年轻时。"说罢，她又竖起耳朵听了一会儿，接着说，"是井筒家的阿文吧。弹得最好的和最差的，最容易分辨。"

"也有弹得好的？"

"有个叫驹子的，年纪不大，现在可长进不小。"

"哦？"

"您也有耳闻吧。当然啦，说她弹得好，也是跟这山里比。"

"没听说。话说我昨晚来的，跟老师傅家的儿子一趟车。"

"天呐。竟然养好了身子，回来了？"

"看着还病着呢。"

"还没好？那孩子在东京可是病了好一阵子了，为了给医院汇钱，驹子从夏天就当了艺伎呢。怎么还没好啊？"

"你说的驹子是？"

"唉，她也算仁至义尽了。虽说是未婚妻吧，可到头来，唉……"

"未婚妻，是真的吗？"

"对呀，听说是呢，我也不太清楚，都是听大家说的。"

住在温泉旅馆，从按摩师傅处打听艺伎的身世，倒是很平常的事，但听来还是有些意外。不过说驹子为了未婚夫而做了艺伎，这事也够落入俗套的，很难吊起岛村的胃口。或许是出于道义，起了善念吧。

他正想多问一些，按摩师傅却不说话了。

如果驹子真是他的未婚妻，叶子难道是他的新女友？可他是快死的人了。想到这里，岛村脑际又闪现了徒劳一词。驹子仁至义尽地履行约定，委屈自己供他疗养，所做全都是徒劳吧。

岛村想着，下次再见驹子，一定要敲打敲打她，告诉她从一开始便是徒劳。可转念一想，岛村愈发觉得她单纯。

想到这里，岛村觉得自己的虚伪麻木中，弥漫着一股无耻劲儿，按摩师傅离开后，这念头仍在脑际萦回不停。他翻来覆去，觉得寒气浸透了前胸后背，这才记起窗还大敞四开着呢。

山谷间刚不见了日头，暮色便降临了，带着几分寒意。落日余晖，照着远山上的积雪发出光芒。或许因为暮色暗淡，感觉离远山越来越近。

山峦远近高低不同，一道道山襞留下越来越深的阴影，最后一点淡淡的余晖只留给了山峰顶部，这时，雪峰顶上已是晚霞尽染。

村里随处可见的杉树，无论岸边，滑雪场，还是神社，此刻都化作了黑影。

正当岛村百无聊赖，极度空虚的时候，驹子来了，仿佛照进一束温暖的光。

她说在旅馆开了一个筹备会，商量如何接待来滑雪的游客，之后有个宴会叫了她过来。一进被炉，她就抚摸岛村的脸，说道：

"今天真白啊。怪怪的。"

她抓起脸颊上柔软的肉，仿佛要碾碎一般，说：

"你个坏人。"

已然有些醉意。宴会结束后，她又来了，说着：

"天呐，我的天！头好痛，头好痛啊！太难受了！"说着，她瘫在镜台前，醉意竟瞬间挂在了脸上。

"喝水。拿水来！"

她两手捂着脸，也顾不得乱了发鬓，一股脑儿倒了下去。随后好不容易坐起身，用雪花膏卸掉了白脂粉，露出了赤红的脸蛋，驹子自己竟被逗乐了，笑个不停。说来有趣，她的酒很快就醒了过来。她抖动着肩膀，像是在挨冻一般。

她打开了话匣子，用平静的语气说她患了神经衰弱，整个八月都无心做事。

"我都怕我会疯掉呢。一个心思钻牛角尖，可到底是为什么事钻牛角尖，自己又说不清。太可怕了。我彻底失眠了，只有去宴会时才能打起精神。还做了各种各样的梦。茶不思饭不想的。把缝衣针戳在榻榻米上，又拔出来，一遍又一遍，整个夏天都是呢。"

"几月干起艺伎的？"

"六月。本来这会儿该在浜松的，也许。"

"去成亲？"

驹子点了点头。她说浜松有个男人，多次向她求婚，可她就是不爱他，犹豫了很久。

"爱都不爱，还犹豫什么？"

"哪有那么简单。"

"结婚有那么重要吗？"

"讨厌。不是你想的那样，可我还是想处理好自己身边这些事，不然心里总不踏实。"

"哦。"

"你真是个坏人。"

"你跟那个浜松的，发生了什么吧？"

"要是有了，还犹豫什么呢？"驹子矢口否认，"不过他大放厥词，说'只要你还待在这，我不会让你嫁给任何人，我得不到的，也不会让任何人得到。'"

"他远在浜松呢。你担心这个干吗？"

驹子沉默了片刻，躺着一动不动，像在体味自己的体温一般。突然，她风轻云淡地说道：

"当时我以为我怀孕了呢。哈哈，现在想来真好笑，哈哈哈。"她抿嘴笑着，猛地蜷缩起身体，用双拳攥住岛村的衣领，像孩子一样。

浓密的睫毛一张一合，看着又像惺忪的黑眸。

翌日清晨，岛村睁开眼睛，看见驹子单臂撑在火盆上，在旧杂志背面乱写乱画。

"喂，我回不去了。女佣已经来添过火了。成何体统！吓得我一跃而起，日头都照在拉门上了。昨晚喝醉了，好像迷迷糊糊就睡着了。"

"几点了？"

"都八点了。"

"去泡个澡吧。"岛村起身道。

"不去。走廊人多。"女人又变成了淑女。岛村从浴池回来时，只见手巧的她用手巾作了头巾，正麻利地打扫着房间。

她娴熟地掸去灰尘，连桌脚、火盆边都丝毫不肯放过。

岛村把脚伸进被炉，无所事事地弹烟灰，驹子用手帕轻轻拂拭，然后拿来了烟灰缸。岛村爽朗地笑了。驹子也笑了。

"你若成了家，少不了骂你男人。"

"可曾骂过你一句？我连要洗的脏衣服都会叠

得平平整整，总被人笑呢，生就的脾气。"

"都说只要看看女人的衣橱，就知道她的性情。"

朝阳照进整个房间，暖暖的，两人吃着饭。

"天气真好啊。早点回去练功就好了。这样的日子琴都会不一样吧。"

驹子仰望蓝天。

远山上的积雪仿佛笼罩在一片柔和的乳白色烟雾中。

岛村想起了按摩师傅的话，于是对驹子说，你在这练功就好。驹子听后马上起身，她给家里打了电话，让把要换的衣服连同长呗三味线① 的谱子一块送来。

岛村想，白天去过的那个房子里竟然还有电话？然后脑际又浮现出叶子的眼睛。

"那个女孩给你送来？"

---

① 长呗是歌舞伎和日本古典舞的主要伴奏音乐。长呗三味线是歌舞伎和日本古典舞的主要伴奏乐器。

"也许吧。"

"你，你提到的那个他，听说是你未婚夫？"

"天呐。什么时候听说的？"

"昨天。"

"你真是个坏人。你昨天听说了，为何昨天不说？"说着，驹子纯纯地笑了，与昨天中午完全不同。

"不好开口，怕你觉得我看轻你。"

"说得真好听。最讨厌东京的人，爱哄弄人。"

"你瞧，我真说了，你还不是岔开话。"

"没有岔开话。不过你真的当真了？"

"当然当真了。"

"又骗人。明明没有当真。"

"怎么说呢？的确不太感兴趣。可他们说你为了未婚夫才当了艺伎，好赚钱给他治病。"

"太过分了，跟看戏一样。未婚夫完全是讹传。好像很多人都误以为是。我当艺伎可不是为了谁，是我自己愿意的，去帮忙也只是无愧于自己。"

"越说越不懂了。"

"好吧，我都告诉你。我师傅可能想过成全我和他儿子。不过他也就是想想，从没说过。师傅的心思，他儿子和我都隐约看在眼里。但我们俩真的什么都没有。仅此而已。"

"青梅竹马啊。"

"嗯，不过不在一块生活。我被卖到东京时，只有他送了我。我的日记第一篇就是写的这件事。"

"要是你们都待在那个港口，也许现在真走到一起了呢。"

"我想不会。"

"是吗？"

"不用担心他了。快死的人了。"

"可你夜不归宿不大好吧？"

"你这么说才不厚道呢。我想怎么着就怎么着，他都要死的人了，管得住我？"

岛村无话可说了。驹子还是只字不提叶子，到底为何呢？

那个叫叶子的女孩，在火车上像年轻的慈母一样，忘我地、无微不至地照顾那个男人，两人究竟是什么关系？她为何要给夜不归宿的驹子送换洗衣服？

　　岛村只能任由自己想象。

　　"驹子。驹子。"突然传来了叶子的呼喊声，那么好听，低沉，清澈。

　　"在这呢。辛苦啦。"驹子跑到外屋。

　　"是叶子送来的？这些，哪个都这么重……"

　　没听见叶子说话，她就回去了。

　　驹子用手指试了音，换了第三弦，重新调了琴。调琴的工夫就有些小曲的模样了，调好琴，她在被炉桌上打开了包袱皮儿，除了常规的练习曲谱，还有二十本杵屋弥七①的文化三味线谱，岛村很吃惊。他拿到手上，问：

　　"就拿这个练琴？"

　　"没法子啊。这又没有师傅，有什么法子。"

　　"你家里不是有吗？"

――――――――――――

① 第四代杵屋弥七于1922年成立了"杵屋弥七出版"，用于出版三味线谱。此处提及的"文化三味线谱"即是由第四代杵屋弥七所编、由杵屋弥七出版发行的。

"中风了。"

"中风？能口授吧。"

"说不了话了。左手还能动，可以指导舞蹈动作，三味线不行了，他听着嫌烦。"

"你能看懂这个？"

"当然啦。"

"要是外行倒也罢了。一个艺伎，在边远山区，拿这个练功，印这乐谱的书店若知道了，得高兴坏了吧。"

"学徒期主要是学舞蹈，我在东京练的也是舞蹈。三味线嘛，只学了一点点，记了个大概，很多忘了，又没人点拨，只能靠乐谱啦。"

"唱曲呢？"

"这个嘛，学舞蹈时耳濡目染地记下了些曲子，还能应付，新的嘛，只能听收音机，还有从各处学，学得对不对就难说啦。肯定有些不专业的地方，所以不敢在行家面前班门弄斧呢。哄弄外行没问题。"说着，她有些难为情地正襟危坐，看着岛村的脸，要开口唱小曲了。

看她这架势，岛村不觉一惊。

他长在东京市井，从小就看歌舞伎和日本舞蹈，也会哼唱几句长呗里的曲词，不曾特意学过，不过是耳濡目染记了下来。一说长呗，他首先想到的是剧场里的舞蹈，根本想不到艺伎宴会上唱的这些。

"这位客人不要这样嘛。太严肃啦。"驹子轻轻咬了下下唇，将三味线放在膝上，打开琴谱，那认真劲儿简直判若两人。

"这是秋天学的曲子，跟乐谱学的。"

是《劝进帐》[1]。

顷刻间，一股清凉从岛村脸颊略过，凉气嗖地一下直透肺腑，肌肤甚至都感到几分寒意。三味线的琴声萦绕脑际，脑海中一片空白。不是震惊，而是醍醐灌顶。让他虔敬，让他忏悔，让他洗涤灵魂深处，让他觉得自己渺小无能，任由驹子的魔力带走。他轻飘飘地随她去了，一身轻松。

---

[1] 日本歌舞伎传统剧目。

岛村原本觉得，这个年方十九二十的乡村艺伎，对三味线不过是略知一二，现在却让他觉得像剧场里的专业演奏。许是因为他自己的感伤，和这山里的旅愁。驹子有时故意唱得很平淡，有时拖长音，有时拿不准的地方还跳过去，可就是这样，她还是渐入佳境，声音也高亢起来，拨片的声音也随之越来越大，越来越急促。岛村被这气势吓着了，又怕被她看穿，手托着头侧卧着听。

听她弹唱完一曲《劝进帐》，岛村心里踏实了。他知道女人心里有他，也让他心生愧意。

"这天气，声音都那么不一样。"驹子抬头看着雪中晴朗的天空，说了这么一句。的确，她说得对，空气都不一样。没有剧场的四壁，没有观众，没有城里的尘埃，一个冬日里澄澈的清晨，琴音缭绕，甚至穿越云霄，直抵远方雪山。

她的拨片铿锵有力，是源自自然的力量，或许因为她习惯了独自一人、孤独地练功吧。面朝山间宏大的自然万物，不知道谁人在听。这份孤独击破了旅愁，蕴含着充满野性的意志力。虽说有些底子，但是全靠乐谱自学，脱谱演奏如此复杂的曲子，也离不开她坚定的意志力和不懈的努力。

虽然在岛村看来，驹子的憧憬只是虚无缥缈的徒劳，他为此而心疼她，她的追求，她的活法，都在她铿锵拨动琴弦的声音中了。

她的纤纤玉手灵巧地拨弄着琴弦，岛村也是个看热闹的外行，只能听懂琴音里的情感起伏，这个听众对驹子来说正合适。第三支曲子是《都鸟》，一听前奏，便知这曲子曼妙无比，岛村先前的寒意全无，他温柔地、安详地注视着驹子，觉得有种灵肉相通的亲近感。

她有着高耸的鼻子，两翼不算丰满，但两颊浮现的潮红好似在与之密语：我就在这。樱桃小口闭拢时，红润的嘴唇泛着光泽，唱小曲时即使嘴巴张大，也总是立即恢复成原本的可爱模样，如同她的身体一样富有魅力。她的眉梢略向下，眼角既不上翘，又不下垂，真像刻意画出的一般，多一笔则有余，少一笔则不足，水汪汪的眼睛，透着稚气和纯真。她未施粉黛，直到脖子都略带绯红，仿佛在城里浸染了风尘的底色，又着上了山的颜色——是百合，或是洋葱，剥掉外皮后嫩嫩的肤色，实在干净。

正襟危坐的她，一改平常模样，宛若少女。

最后弹的是《新曲浦岛》，说是还在练习，得看谱子弹奏。驹子默默将拨片插进琴弦下方，挪动了身子不再正坐，顿时媚态百出。

岛村静静听着，驹子也无意听他点评，只是纯粹享受练功。

"就凭这三味线的琴声，你能听出是哪个艺伎吗？"

"当然能听出来，一共不到二十个人嘛。尤其是《都都逸》，最能听出特点来呢。"

说罢，她又拿起琴，弯着的右腿挪了挪，把琴放在了腿肚子上，腰部向左，上身则向右倾斜。

"我小时候就是这样练琴呢。"她看着棹，学着稚嫩的童音，"黑、发、的……"一个音一个音弹琴。

"学的第一个曲子是《黑发》？"

"不是。"驹子像孩童一样摇了摇头，仿佛回到了儿时一般。

　　那次以后，驹子再留下过夜时，也不再坚持赶在天明前回去了。

　　"驹子！"走廊远处传来呼唤声，尾音上挑，是旅馆里三岁的小女孩。驹子抱着她在被炉里烤火，无忧无虑地跟她玩，晌午过后，还带着她去浴池泡澡。

　　从浴池出来后，她边用梳子给女孩梳头，边说：

　　"这孩子只要一看见艺伎，就喊我的名字，还挑着声调呢。她看见照片、画、梳日本发髻的，统统都喊我的名字呢。我喜欢小孩，所以特别懂她。就喊她：'快！来驹子家玩！'"说罢，她站起身，悠闲地坐到走廊的藤椅上。"都是从东京来的急性子们，已经滑上啦。"

　　这间房间在高台上，往南斜对着山脚下的滑雪场，一览无余。

　　岛村坐在被炉旁回头看，只见斜坡上积雪斑驳，五六个人穿着黑色的滑雪服，在最下方的田地里滑雪。梯田的田垄还未完全被积雪覆盖，又无甚坡度，怪无聊的。

"像是学生吧。是星期天吗？在那里滑还滑得挺有兴致的啊。"

"别小瞧他们。滑雪的姿势不错呢。"驹子自言自语般说道，"有时在滑雪场碰到，客人们都认不出来，很吃惊呢。因为滑雪晒得黢黑，夜里又都是化了妆的。"

"也穿滑雪服吗？"

"不是，穿山袴。哎呀，烦人，真烦人。马上又到滑雪季啦，筵席散场时大家又要说明天滑雪场见喽。今年我就不滑了吧。再会啦。走啦，小鬼。今晚要下雪啦，下雪前的晚上可冷呢。"

驹子走后，岛村坐在她坐过的藤椅上，看见在滑雪场边的坡道上，驹子拉着小女孩的手回家。

空中飘来云朵，山的影子，与日光沐浴下的山重叠合一，光与影飞快变化，让人觉着寒意袭来。渐渐地，滑雪场也阴暗了下来。再看窗子下面，菊花已然枯萎，篱笆上结了霜柱，如同寒天一般。屋顶的积雪还是有些消融，檐沟滴滴答答的声音不绝于耳。

这晚没有下雪，先是霰，而后是雨。

离开前的那个晚上是个月明之夜，空气中弥漫着寒冷的气息，岛村又叫了驹子过来。快十一点了，她却提出散步，他没答应。她粗鲁地将他从被炉里抱起来，硬是拽了出去。

道路都结冰了。寒气笼罩着沉睡的村庄。驹子撩起下摆掖在腰带里。月亮清澈得宛如蓝色冰层中的一把利刃。

"去车站吧。"

"疯了吧。往返得一里^①呢。"

"你不是要回东京了吗？去车站看看吧。"

岛村都被冻僵了，从肩膀到腿。

回到房间，驹子立刻没了精神，两只手臂伸进被炉深处，耷拉着脑袋，也无心去泡澡。房间里只

---

① 在日本的长度单位里，1 里约等于 4 千米。

铺了单人寝具，褥子边紧挨着被炉的炉眼边，被炉上的被脚落在单人寝具的被子上。驹子坐在寝具旁，面朝被炉，始终垂着头。

"怎么了？"

"要走了。"

"说什么胡话。"

"知道了。你歇着吧。我这样待会儿。"

"你要回去？"

"不回去。就在这待着，待到天亮。"

"行啦，别闹了。"

"没闹。根本也没闹！"

"来吧。"

"不嘛，不舒服。"

"我还以为怎么了，原来是这事。没事的。"岛村笑着说，"我坚决保证。"

"不。"

"你个蠢货。刚才逞强走那么远。"

"我要走了。"

"别走了。"

"好难受啊。你赶紧回东京吧。我难受。"驹子轻轻地把脸贴在被炉桌上。

她说难受，是害怕自己越发深陷于一个过客的关系里？还是因为克制、忍耐自己的心绪而闷闷不乐？岛村一时间陷入了沉默，他想不到女人竟如此情深。

"你快回去吧。"

"本来就打算明天回去。"

"天呐，为何回去？"驹子猛地抬起头，如梦初醒。

"再在这儿待着，我也无力给你什么。"

驹子傻傻地望着岛村，突然开口，激动地说："不要嘛。坏人，不要。"她急匆匆站起身，猛地抱住岛村的头，疯疯癫癫地说，"不许你说这些。快起来。让你起来嘛。"说话间就瘫软倒下了。一时情急，乱了方寸，竟顾不得自己的身子了。

待她睁开温润的眼睛时，安静地说了一句："真的，明天，回去吧。"说着，她捡起了地上掉落的头发。

　　岛村定在次日下午三点动身。更衣时，旅馆的伙计悄悄把驹子叫到走廊。只听见驹子的答话，说算十一个钟头吧。也许伙计觉得，十六七个钟头太长了。

　　岛村看账单时才发现，早上五点回去时写着五点，次日十二时回去时写着十二时，全都是按钟点结账。

　　驹子穿着大衣，围着白色围巾，一直把岛村送到车站。

　　为了打发时间，他买了些木天蓼子咸菜和朴蕈罐头之类的土特产，距离发车还有二十分钟，于是在站前地势稍高些的广场散步。环视四周，他看到四面雪山，夹着中间这块土地。驹子的缕缕青丝是如此浓黑，镌刻着山谷深处的落寞，悲怆而忧伤。

　　远方河下游的半山腰，竟有一处能沐浴到微弱阳光的地方。

　　"我来了以后，雪化了不少呢。"

　　"只下个两天，就积了六尺呢。要是连着下雪，那的电线杆上的电灯都得被埋在雪里。我走路时若心里惦记你，就得撞在电线杆上头破血流呢。"

"那么厚的积雪？"

"再往前走是这儿的中学，听说一个下大雪的早晨，有人赤身裸体从宿舍二层的窗户跳了出去，身子一下子陷进雪里，消失啦。后来这人在雪里游走，就像游泳一样。你看，那还有除雪车呢。"

"我想来赏雪。正月旅馆客人多吧？火车会不会遇上雪崩，被埋在底下？"

"你真是养尊处优。你每天都这么过吗？"驹子看着岛村的脸，问道，"怎么不留胡子呢？"

"嗯。想留呢。"他摸着用剃刀用力刮过的青茬，摸到嘴边有一道皱纹，生得恰到好处，让他温和的面孔有了几分刚毅，驹子看中的或许正是它。"你每次卸掉白脂粉，小脸蛋就跟剃刀刚刚刮过一样。"

"听，可恶的乌鸦在叫呢。在哪儿叫呢？好冷啊。"驹子仰望天空，双臂抱在胸前，"去候车室烤烤火吧。"

她话音刚落，拐向车站的大道上急匆匆跑来一个人，是身着山袴的叶子。

"喂，驹子，行男他……驹子……"叶子气喘吁吁地说着，抓住了驹子的肩膀，仿佛刚逃出魔掌的小孩抱住妈妈一般。

"快回家。大事不好啦。快！"

驹子闭上眼睛，像是忍着肩膀的疼痛，脸唰地一下白了。没想到，她决绝地摇了摇头。

"我在送客人呢，回不去啊。"

岛村一惊，忙说："不用送啊，没事的。"

"不行。我不知道你还会不会再来。"

"会来，一定会来的。"

叶子好像将这些话全当了耳旁风，只顾急切地说：

"刚才，我给旅馆打了电话，他们告诉我你在车站，我就跑来了。行男叫你呢。"

她拉着驹子，驹子却始终不为所动，忽然又猛地推开了叶子，说：

"不！"

说罢，驹子踉跄了两三步。接着，她发出呕哕的声音，口中却没吐出任何东西。她的眼眶湿润了，脸颊的毛孔上也泛起小疙瘩。

叶子怔住了，一脸茫然地望着驹子，那神情太过严肃，没有愤怒，没有惊讶，也没有悲恸，仿佛戴了副面具，又像是程式化的脸谱。

只见她扭过头来，一把握紧岛村的手，说：

"求求你了。放她走吧。让她走吧。"

她高声喊着，一个劲儿地央求。

"好，我让她走。"岛村大声说，"傻瓜，快走！"

"你，你说什么？"驹子一面说着，一面从岛村身旁推开叶子。

岛村要抬手指指站前的汽车时，才发觉被叶子攥紧的手指已经麻木了。"我让她乘那辆车走，这就走，你先走一步，好吗？别都在这儿了，大家都看着呢。"

叶子点了点头，说："快点，快点啊。"

话音未落，只见她掉头就跑，竟无一句多余的。目送她的身影渐行渐远，岛村脑际闪过一个念头——这个女孩为何总是如此较真。这个念头显然有些不合时宜。

　　岛村耳畔仍回响着叶子的声音，那声音美得近乎忧伤，仿佛此刻才从雪山传来的回声。

　　"去哪儿？"见岛村去找司机，驹子拦着他问。"不。我不走。"

　　那一瞬，岛村忽然厌恶了驹子这副皮囊。

　　"我不知道你们三人之间有什么事，但他要死了，死之前想要见你一面，她才来叫你。乖乖回去吧！不然你会后悔一辈子的。这会儿说话的工夫，他可能就咽气了，你怎么办？捐弃前嫌吧，快别倔强了。"

　　"你错了。你误会了。"

　　"你被卖到东京时，不是只有他送你吗？你的第一篇日记是不是这么写着的？你有什么理由不送他最后一程？他生命最后一页是留给你的！"

　　"不。我见不得人死。"

　　听来既像冷若冰霜的绝情，又像是爱到深处的绝恋，岛村不知所措了。

　　"从今往后，再也不记日记了。全都付之一炬。"驹子喃喃自语，说话间脸颊竟然泛起了红晕，

"唉，我看你倒是个性情中人。你若诚心，我便把日记全都赠你。你不会笑我吧？我看你是个老实本分的人。"

岛村有些莫名的感动。驹子的话如当头一棒，让他觉得世间再无他这样的性情中人，便不好再勉强驹子回去。驹子也不再说话。

旅馆派驻车站的伙计出来了，告知检票了。

总共四五个当地人上下车，个个都是灰暗的冬天装扮，无人讲话。

"我就不送到月台啦。再会。"驹子站在候车室的窗前，玻璃窗关着。从火车上望去，她仿佛一个水果，被遗忘在了破败乡下水果店熏黑的玻璃盒里。火车开动时，驹子的面庞突然闪现在候车室玻璃的反光中，转瞬即逝。她通红的脸颊，就像那个雪天在镜里看到的一样。此刻岛村看到的，是区别于现实的颜色。

火车从北面驶上县境的山脉，要穿越长隧道时，黑暗的大地仿佛抽走了冬日午后的微光。火车从隧道驶出时，像是把光鲜亮丽的外壳留在了隧道里，裸露着破旧的车身，在山峦重叠的山间穿行而下，转眼间暮色将至，出了雪国了。

火车沿着河流来到广袤的原野，一道道柔美的斜线从山顶延伸到山脚，仿佛是在山顶小心翼翼分割的。月光照亮了山顶。行到原野尽头，唯这景致值得一看。淡淡的晚霞，将山映成了深宝蓝色，山的轮廓清晰可见。月光呈现出一抹浅色，也不似冬夜里的寒光。空中不见一只飞鸟。山脚下的原野一望无垠，没有任何遮挡。与河岸相接的地方盖了白色建筑，像是水电站。那是留在冬日车窗上为数不多的黄昏景象。

车厢里热气腾腾，车窗开始起了哈气。窗外的原野逐渐昏暗，映在车窗上的乘客变成半透明的了。这就是那镜子在夕阳映照下变幻的暮色。这趟列车跟东海道线上的列车完全不同，是跑了多年、褪了色的旧式客车，只有三四节车厢相连。车厢里只有昏暗的灯。

岛村茫然自失，觉得自己乘坐着没有时间和空间的列车，任凭它载着自己的空皮囊前行。单调的车轮声传来，听来好似女人的呢喃。

每句话都很短，断断续续，句句都在诉说女人在竭尽全力活着。他听着心烦，却又挥之不去。对于此刻渐行渐远的岛村而言，这些都已远去，只会给他平添旅愁罢了。

行男是否就在这会儿咽了气？驹子执意留下，能见到行男最后一面吧？

乘客只有寥寥数人，更显得列车有些诡异。

一个五十多岁的汉子与一个赤红脸的姑娘面对面坐着，聊个不停。姑娘肩头全是肉，围着黑色围巾，脸红得像燃烧的火焰。她前倾着身子专注地听着，开心地答话。看样子两人是出远门。

列车驶进一处带有纺织工厂烟囱的车站时，只见那汉子匆忙取下了行李架上的柳条包，从车窗扔到了月台上，跟姑娘说了句"有缘再会"，便下了车。

那一瞬，岛村有些要落泪，这让他自己也吓到了。这一刻，他才意识到，此刻自己与女人分开了，正在回家的路上。

他做梦也没想到，那二人竟是车上偶遇，萍水相逢的。男人大概是行脚商人吧。

又到了飞蛾产卵的季节，从东京的家里出来时妻子嘱咐说："衣服不能总挂在衣架或墙上不管。"果然，来了就看见吊在旅馆檐前的装饰灯上扑了六七只玉米色的大飞蛾。外间的衣架上，也落了肚子圆滚的小蛾子。

安在窗上防蚊虫的金属网子还没卸掉。网子上也落着一只蛾子，一动不动，像贴在上面一般，扁柏树皮般的颜色，张开触角，像小小的羽毛。然而它真正的翅膀是近乎透明的淡绿色，有女人的手指那么长，只有前后翅重叠的部分是深绿色。对面县境处的山脉，在夕阳下尽染了秋色，眼前这一点淡绿，反倒像是代表死亡的颜色。秋风袭来，薄如纸的翅膀呼扇呼扇随风而动。

岛村站起身，想看看它是活是死，便伸出手指在金属网内侧弹了弹，蛾子没动。他改用拳头砰地一击，它像树叶一般簌簌落下，落到一半时又轻盈飞舞起来了。

岛村望去，看见对面的杉树林前，一群蜻蜓飞舞，数目多到数不清，像蒲公英的飘絮一般。

再看山脚下的小河，仿佛是从杉树梢淌出的。

小山丘的半山腰上开满了白花，像是胡枝子，泛着银光，让岛村看不够。

从室内浴池出来，看见酒店玄关处坐着一个俄罗斯女人在卖东西。岛村不曾想到会在这样的乡下见到外国女人，也过去凑热闹。一看，净是些日本化妆品和发饰之类的路摊货。

女人看着有四十多岁了，脸上不少细纹，显得很脏，顺着大粗脖子往下看，露出的肌肤雪白发亮。

"你从哪里来？"岛村问。

"从哪里来？我，从哪里来？"俄罗斯女人一时语塞，边收拾货品边思考。

她身穿半身裙，却很像围了圈抹布，早已丢尽了洋装的尊严。离开时，她背了一个大包袱，俨然一个地道的日本妇女。只不过她穿了鞋。

老板娘跟岛村一同目送她离开，又叫上他一块去了账房。炉边坐着一个大块头的女人，只看见背影。女人提着裙摆站起身，岛村才看到，她穿的是黑纹付①。

这个艺伎岛村记得，滑雪场的宣传照片上，跟驹子在一起的就是她，她那时一副艺伎赴宴的装扮，套上件棉质山袴，踩着滑雪板，是个身材发福的半老徐娘。

旅馆老板在炉子上架着火筷子，上面烤着椭圆形的大豆包。

"您别嫌弃，来一个吧？吃一口也好，好歹沾沾喜气。"

"是刚才那位不做了？"

"对。"

"是个好艺伎啊。"

"期满啦，来告辞的。红过一段呢。"

岛村吹了吹热豆包，咬了一口，皮有些硬，有股放久了的酸味。

---

① 日本和服中的最高等级的礼服。

窗外的柿子熟了，夕阳照在熟透了的红果实上，映出一束红光，仿佛要径直照进"自锁钩"挂着的竹筒里。

"那么长！"岛村望着坡路惊叹道。一个老奶奶背着足有两个她那么高的东西。是秸秆。

"嗯。那是茅草。"

"茅草？是茅草？"

"铁道部开温泉博览会时，建了什么休息室，还是茶室的，屋顶就是用这儿的茅草葺的呢。听说有个东京人，买下了整座茶室呢。"

"是茅草？"岛村又重复了一遍，像喃喃自语。

"原来山上开的花是茅草啊。我还以为是胡枝子呢。"

岛村一下火车，首先映入眼帘的就是山上的一片白花。白花盛开在陡峭的山腰上，靠近山顶处，泛着银花花的光，恰似洒在山上的秋日阳光，让岛村心生涟漪。他以为那是白花胡枝子。

不过，近观方知茅草刚毅，远瞻山花只觉闲愁，两者迥然不同。妇女们背着好大一束，只见秸秆不见人，碰到坡道两侧的石崖，发出沙沙沙的响声。
如此坚韧的秸秆！

　　回到房间，他看见点着十烛灯的昏暗外间里，
一只大肚子蛾子正要爬上黑漆衣架产卵，还有蛾子
不停扑上檐前的装饰灯，发出吧嗒吧嗒的声响。

　　大白天就开始虫鸣。

　　稍晚些时分，驹子才来。

　　她站在廊上，正对着岛村，说：

　　"你来干吗？这地方有什么好来的？"

　　"来看你。"

　　"哄骗人。讨厌你们东京人，骗人。"

　　"我可不想再去送行了。心里说不清是什么滋
味。"她语气温和了些，边说边坐下。

　　"好，这次我偷偷走。"

　　"不行。只是我不送站了。"

　　"他呢？"

　　"当然死了。"

　　"就在你送我那会儿？"

　　"两码事。没想到送一个人，会那么难受。"

"嗯。"

"你二月十四号干什么了？你个骗子。叫我等得好苦。你说的话我再也不信了。"

二月十四日是赶鸟节，也是颇有雪国特色的儿童节日。村里的孩子们要提前十天准备，穿着草鞋把雪踩实，切成二尺左右的雪板，摞起来，垒成雪堂。雪堂一丈六七尺见方，高一丈有余。到了十四日晚，孩子们从各家各户收来注连绳①，在雪堂前点燃熊熊篝火。村里的正月是二月一日，所以还有注连绳。孩子们爬上学堂屋顶，挤着，拥着，推着，闹着，唱起赶鸟歌，然后进入雪堂，点上烛台，守夜到天明。十五日天亮后再登上雪堂，唱赶鸟歌。

那时正是雪最厚的时候，岛村说过，要来看赶鸟节。

"我二月回了趟老家，在宴会那边歇了几日。惦记着你一定会来，所以十四号回来的。现在想来，

---

① 注连绳是用秸秆编成的绳子，用来区隔圣洁之物。

若是再多照顾几天病人就好了。"

"谁病了？"

"师傅去了海港，得了肺炎。我正在老家呢，接到电报，就去照顾师傅了。"

"好了吗？"

"没有。"

"那真是罪过。"岛村像是为自己爽约而致歉，又像是为师傅之死祷告。

话音刚落，驹子便通情达理地摇了摇头，说："没什么。"

她用手帕擦桌子，说道："好多虫啊。"

从茶台掸落的许多小飞虫，落到了榻榻米上。几只小飞蛾围着电灯飞来飞去。纱窗外面也落着几只蛾子，星星点点，不知有几个种类，在皓月下清晰可见。

"胃疼，胃好疼。"驹子用力将双手插进腰带里面，趴在岛村膝上。

顺着衣领岛村看见她施了厚脂粉的白脖子，一群比蚊子还小的虫子落在上面。有些眼看着不再动弹，许是死了。

脖子根比去年粗了，肉也多了。岛村想，她都二十一了。

他觉得膝上有些温润，有些潮湿。

"他们在账房嘿嘿地坏笑，说驹子啊，快去椿厅。可讨厌了。我送姐姐赶火车，回来正打算舒舒服服睡觉呢，偏巧就来叫我了。想着算了，不折腾了。昨晚喝多了，给姐姐饯行。账房只是笑，却什么都不说，原来是你。一年啦。你一年就来一次啊。"

"豆包我也吃了。"

"真的？"驹子抬起脸，趴在岛村膝上的地方红了，那一瞬显出了稚气。

她说她把那个年长的艺伎送到了两站开外的地方才折回来的。

"好没有意思。原来吧，大家什么事都拧成一股绳，渐渐地时兴了个人主义，谁跟谁都不是一个心思。我们这儿也变了呢。不投脾气的人越来越多。菊勇姐姐离开了，我好难过啊。她可是领头羊呢，不管什么事。她最卖座，干足了六百柱香①呢，在这儿很受器重。"

岛村问，这个菊勇期满回老家，是去成家，还是重操旧业。

"姐姐也是个可怜人呢，原来嫁过一次，婚姻受挫才来到这儿呢。"驹子有些欲言又止，犹豫再三，望着皓月下的梯田，说道，"那条坡道上不是建了新房子吗？"

"菊村的小饭铺？"

"嗯。本来要嫁进那家店的，谁知姐姐的心思变了。闹得沸沸扬扬的，她都让人家盖了新房，眼看着就要入住了，结果一脚把人踹开了。姐姐有了新欢，一心要嫁给新欢，谁知被辜负了。姐姐一片痴心，到头来就是这般下场，被那个负心汉抛弃了。可事到如今，覆水难收，也不能再去那店铺，在这儿也待不下去了，只能换个地方重操旧业吧。她也

---

① 艺伎陪酒按点香数计算时间。

真是可怜，遇人不淑，前前后后这几个，我们都不大了解。"

"相好的男人吗？五个有吧？"

"嗯。"驹子抿嘴一笑，转过脸去，"姐姐也是心太软了。不争气！"

"没办法啊。"

"他喜欢你又能怎样？你说对不对？"她低着头，用簪子挠了挠脑袋，"今天去送行，好难过啊。"

"那店铺后来怎么样了？"

"原配来接手啦。"

"原配来接手了？有趣！"

"你想啊，一切都准备就绪了，就等开业了呢，也没有其他法子了吧？只得请原配出山，连孩子也带了来。"

"家里怎么办？"

"听说留下阿婆一人，也是个农户，主人偏偏喜欢这些，也是个有意思的人。"

"花花公子啊。年纪不小了吧？"

"还年轻呢，三十二三吧。"

"咦？这么说，情妇倒比正妻大？"

"同年，都是二十七。"

"菊村这名字，取的菊勇的菊吧。正妻竟然接受了？"

"字号都立出去了，怎么能改呢？"

见岛村拢了拢衣领，驹子立刻起身，边关窗边说："姐姐也知道你呢。今天还对我说，你那个他来了。"

"她来辞行时，我在账房见到了。"

"说什么了吗？"

"没有。"

"你懂我的心思吗？"驹子哗啦一声打开刚关上的拉窗，哐当一声坐在窗边，像把自己身子扔下一般。

过了一会儿，岛村说："这看到的星星好像跟东京的不一样呢。瞧那光，像是悬在半空呢。"

"今晚有月亮，还不算明显呢。今年的雪可大了。"

"听说火车经常停运。"

"是啊，好可怕呢。而且五月才能驶汽车，比往年晚了一个月。滑雪场不是有小卖店吗？二层遇上雪崩，下面的人不知道，只听到怪响声，以为是老鼠在厨房作乱，跑去一看发现不是，爬上二层一看，全都是雪，挡雨板什么的全都被雪卷跑啦。收音机里都播了，说是什么'表层雪崩'。这可吓坏了游客们，都不来滑雪了。我今年本不打算滑雪了，去年年底就把滑雪板送人了，不过还是滑了两三回吧。我没变化吧？"

"你师傅死后，你怎么过来的？"

"甭管旁人啦。反正二月我可是回来等你了。"

"既然回了港口，给我写封信不好吗？"

"不好，我才不想那么可怜。我也写不出那么周全的信，让你夫人看不出端倪的那种。好可怜啊。要顾及那么多，还要骗人，我可做不来。"

驹子说得很快，语气也很激烈。岛村点点头。

"你别坐在那些虫子里了，快关灯吧。"

真是皓月当空，连女人耳上的凹凸都清楚映出了影子，月光洒进房间深处，榻榻米泛着青色，显得冷清。

驹子的嘴唇润滑得像水蛭的环节。

"哎呀，我该回去了。"

"还是老样子啊。"岛村抬起脸，看着近在咫尺的圆脸，脸上挺拔的鼻梁，略微有些异样。

"大家都说，我跟十七岁来这儿时一点没变呢。生活还是老样子。"

她脸上还残留着不少北国少女特有的红晕，也露出了艺伎皮肤特有的光泽，仿佛月光照耀下的贝壳。

"你知道我家的变故吗？"

"你师傅死后吗？你不能再住那个蚕房了？现在搬进名副其实的艺伎院子啦？"

"名副其实的艺伎院子？嗯，是啊，我负责在店里卖零食和卖烟呢。除了我，还有谁干呢？现在真像是做了老妈子了，晚上才能点蜡烛看书。"

岛村抱了抱她的肩膀，笑了。驹子又道：

"有电表了，费电可不好。"

"原来如此。"

"不过呢，我觉得像做了老妈子，说明他们真的对我好。孩子一哭，老板娘就背到外面去，怕吵着我。什么都好，但是有一点，我就怕睡觉的地方不平整。有时回去晚，他们都给我铺好了被褥。可是褥子有时候对不齐，单子有时也是歪的。我一看，心里不舒服。可是也不好再重新铺。毕竟他们也是好心嘛，挺难得的。"

"你要是成了家，也是操劳的命啊。"

"大家都这么说呢。天生的。老板有四个小孩，家里乱成一团。我每天跟在后面收拾。我也知道收拾完了，他们还是会弄得乱七八糟，可还是看不过去，做不到甩手不管。要是条件允许，我还是想过得舒适些呀。"

"是啊。"

"你懂我的心思？"

"懂。"

"懂的话你倒是说说看。说啊，你说啊。"驹子突然逼问他。"你说说看，说不出来吧？就知道哄骗人。你过着养尊处优的滋润日子，就知道敷衍了事。你根本不懂。"

　　然后她又低沉地说：

　　"好伤心。我太蠢了。你明天就走吧。"

　　"你这样追问，我哪能说得清。"

　　"有什么不能说的？最讨厌你这点了。"驹子无助地呜咽了，默默闭上眼，那神情仿佛在说，岛村还是懂自己的吧。

　　"你还是来吧，一年一次就行。只要我还在这，你一定来啊，一年一次。"

　　还说自己受雇的期限是四年。

　　"我回老家时，做梦也没想到我还出来重操旧业，连滑雪板都送了人。我唯一做到的事，就是戒了烟。"

　　"对啊，你以前抽得很凶嘛。"

　　"嗯。筵席上，客人总给我递烟，我都随手放衣袖里，有时回家一看，竟掏出来好几根呢。"

　　"四年可是太长了啊。"

　　"快得很呢。"

　　"好热乎。"驹子凑近了，岛村顺势抱起了她。

"热乎也是天生的哦。"

"这地方的早晚已经不暖和了吧？"

"我来这儿五年了。刚来时心里没底，一看是这么个地方。通火车前很荒凉呢。从你第一次来，都三年了啊。"

不足三年的时间里，他来了三次，驹子的境遇每况愈下。岛村想。

几只纺织娘一齐鸣叫起来。

"好吵啊。"驹子从他膝上起身。

北风吹进，纱窗上的蛾子一齐飞了。

看着像半睁着的黑眼睛，其实是她闭上了浓密的睫毛，岛村早已知晓，可还是想在近处再仔细端详端详。

"戒了烟，我胖了呢。"

肚子上的脂肪的确厚了。

许久不见，总觉得虚无缥缈，这样一来二去间，那份温存很快就回来了。

驹子将手掌轻轻放到胸前，说：

"有一边大了。"

"傻瓜，是那个人的习惯吧，总是摸一边。"

"哎呀，讨厌。胡说，你真讨厌。"驹子脸色骤变。

岛村这才想起这个话题。

"下次你提出来，两边要平均。"

"平均？你说平均？"驹子温柔地凑过脸来。

这个房间在二层，蟾蜍围在屋外叫。

不止一只，听着像两三只。叫了很久。

从室内浴池出来，驹子看着很舒心，又平静说起她从前的事。

到这儿以后，她第一次接受体检时，还以为跟学徒时一样，只脱上身呢。大家取笑她，她后来还哭了出来。她把这些细节都告诉了他。岛村问，她也都如实作答。

"我的月事还挺准的呢，每次都提早两天。"

"不过月事来时会妨碍你去筵席吧？"

"嗯，你怎么知道？"

每天都能泡著名的温泉暖身子，去筵席有时往返于新老温泉之间，得走一里路，加上山里的生

活熬夜少，让她变得很健壮、敦实，腰身却是艺伎
中常见的细腰，正面看窈窕，侧面看厚实。可岛村
会从远方赶来相会，却是源于她身上让人怜悯的
哀愁。

"我这样的女人，可能生不出孩子吧？"驹子
认真地问。她说如果只跟一个人交往，也就跟夫妇
一样了吧。

岛村这才知道，驹子原来有一个男人。她说从
十七那年开始，已经五年了。驹子的无知和毫无戒
心始终让岛村惊讶。

驹子说，与学徒时遇到的恩客永别后，她回到
了港口，很快就遇到了那个人。从一开始到现在她
都不喜欢他，总是无法敞开心扉。

"能持续五年，那不是相当好的人吗？"

"有两次分手的机会呢。一次是来这儿当艺伎
时，还有一次是从师傅家搬到这时。但我还是意志
薄弱，真的是意志薄弱。"

她说那人在港口，不方便把她带在身边，师傅
来这村子时，就顺便将她托付给了师傅。又说他人

很好，自己却不愿许配给他，挺可悲的。还说是忘年交，对方只是偶尔过来。

"怎么能断呢？我有时想，干脆破罐子破摔吧，做点出格儿的事，真这么想。"

"那不好。"

"我也做不来。还是天性，我做不来的。我爱惜自己的身子。要真想那样，四年的期限能减到两年，但我不逞强，身子要紧。但凡我再拼一些，就能有很多钱呢。反正有年期呢，只要老板不亏就行的。把本金按月份一除，每月折合多少，该付多少息，交多少税，再加上自己的伙食费，一目了然，对吧？我没必要逞强多干呀。碰上烦人的筵席，不顺我心思，我甩手就走，若非老主顾点名，旅馆也不会大半夜来叫我呢。若是奢侈起来哪有止境？我还是适可而止，赚得差不多就好。本金我已经还了大半了呢，剩下的要不了一年。不过每个月的花销也有三十块钱呢。"

她说每月只要赚一百块就好。上个月赚得最少的也有六十块，是三百炷香钱。驹子做了九十多场宴会，是最多的，每场宴会她能拿到一炷香钱，虽然老板亏了，不过很快就赚回去了。还说这个温泉没有一个因为债务越来越多、不得已延长年期的艺伎。

次日清晨，驹子还是起得很早。

"我梦见和插花师傅一块打扫这个房间，就醒了。"

镜台被挪到了窗边，映出了山上的红叶和秋日明媚的阳光。

糖果店的女孩给驹子送来了换洗衣服。

"驹子！"隔着拉门传来了呼喊声，却不是叶子那近乎悲伤的清澈的声音。

"那个女孩怎么样了？"

驹子瞅了岛村一眼，说道：

"净剩下扫墓了。你看，滑雪场的边上有片荞麦地，开着白花。那左边，看见墓地了吧？"

驹子离开后，岛村去村里散步。

白墙屋檐下，一个穿着崭新的朱红色法兰绒山袴的女孩在玩橡胶球。真是秋天了。

旧式建筑很多，不知江户时期领主们由此经过时，是否就有了这些房子。房檐很深，二层的拉窗是细长的，只有一尺来高。屋檐上挂着茅草帘。

土堤上栽有丝茅草，是天然的篱笆墙。丝茅草花开得正盛，仿佛桑树皮染成的一般。一株株细叶都像喷泉般张开，美极了。

路边向阳处铺了块草席，有人在上面打红豆荚。正是叶子。

红豆像一粒粒光，从干豆荚里蹦蹦跳跳地出来。

叶子头上系着手巾，许是没有看见岛村，她的膝盖从山裤中露了出来。她一边敲打豆荚，一边哼唱着歌，她那清澈得近乎悲怆的声音，听起来宛如回声。

蝴蝶、蜻蜓、蟋蟀

在山里唱个不停

金琵琶、金钟儿

还有纺织娘

有一首歌，歌词是说晚风起，一只大乌鸦忽地展翅，离开了杉树枝。不过从窗子能鸟瞰到的杉树林前，今天也只有一群蜻蜓飞来。黄昏近了，它们也匆忙扑扇着，加快了速度。

出发前，岛村在车站小卖部找到一本新书，买了来看，是关于这一带的登山攻略。他漫不经心地翻看着，书上介绍的就是从他房间能望见的县境上的群山，说其中某个山顶附近，有一条穿过美丽池沼的小道，那一带的湿地上，各种高山植物花团锦簇，到了夏天，红蜻蜓翩翩起舞，停在帽子上、人手上，有时甚至会落在眼镜框上，随心所欲，优哉游哉，与城里饱受摧残的蜻蜓简直是天壤之别。

可眼前的蜻蜓群仿佛被什么东西追赶着，被逼到了绝境。它们看似十分焦虑，要赶在天黑之前消失在黑咕隆咚的杉树林里。

远山在夕阳映照下，清晰可见，山上的叶子已经着上了红色。

"人啊，真是太脆弱了。真是粉身碎骨，连头骨都碎了。听说人家熊就算从更高的山崖上摔下，也不会伤一根汗毛呢。"岛村想起了今晨驹子说过的话。说这话时，她就指着那座山，说那边又有人遇难了。

如果有熊那样又硬又厚的毛皮，人的五官六感一定会大不相同。人类相爱，总要爱抚彼此又薄又滑的肌肤。想到这些，岛村望着夕阳下的山峦，有些伤感，继而想念起肌肤相亲的时光。

"蝴蝶、蜻蜓、蟋蟀……"晚饭吃得早，艺伎的歌声伴着蹩脚的三味线传了过来。

登山攻略上写得很简单，只有登山路线、所需日程、旅馆、费用等，反而给人无限的遐想。岛村想起初识驹子时，山的肌肤还覆着残雪，又萌发了新芽，他漫步山间后，下山到了这个温泉村。他眺望着还留有自己足迹的山脉，想起现在恰逢秋天登山的好时节，不觉有些神往。他本就是个游手好闲的人，跋山涉水却漫无目的，这简直是徒劳的典范，但正因如此，他被这种不切实际的事深深吸引着。

不在一起时，他那么想念驹子，可一旦到了近旁，或许因为心里踏实了，也或许因为对她的身体太过熟悉了，让他既想肌肤相亲，又想钻进山里，这两个念头都像做梦一般。也或许是因为昨晚驹子刚刚留宿过吧。

可是，一旦自己静静地坐着，心里却又期待驹子不请自来。来此秋游的女学生们传来了叽叽喳喳的吵闹声，岛村只觉困意袭来，早早就寝了。

后来好像下了阵雨。

次日清晨一睁开眼，他就看见驹子端坐在桌前读书。她的外衣是件铭仙绸质便服。

"醒啦？"她看向他，平静地说。

"怎么了？"

"你醒啦？"

岛村觉得她是在自己熟睡时来的，在这儿过了夜。他看了看自己的被褥，从枕边取过钟表一看，才六点半。

"好早啊。"

"女佣都来添过火啦。"只见铁壶的确冒着热气，一派晨景。

"起床啦。"驹子起身走来，在枕边坐下，像极了一位家庭主妇。岛村伸了个懒腰，顺势握住她放在膝盖上的手，抚摸她纤细手指上因弹琴而生的茧子。

"还困呢。天刚亮吧？"

"一个人倒也睡得香？"

"嗯。"

"你还是不留胡子吗？"

"想起来了，上次分开时你就这么说过，让我留胡子。"

"行啦，反正你当耳边风了。你总是刮得很干净，露青茬呢。"

"你也是，卸掉白脂粉的小脸蛋儿跟刚用剃刀刮过一样。"

"你的脸蛋儿是不是又胖了些？白白的，睡了一晚也不长胡子，好奇怪呀。脸好圆。"

"和蔼可亲，不好吗？"

"看着靠不住呢。"

"你个傻瓜，你是不是一直盯着我看？"

"嗯。"驹子点头，莞尔一笑，又像猛地点燃了一把火一般，笑出声来，连握着他的手都有了力量。

"我藏到壁橱里啦。女佣一点儿都没察觉。"

"什么时候？何时进去的？"

"不就是刚才吗？女佣来添火时啊。"

说着，她好像又想了起来，笑个不停，脸红到了耳根。她拽起被角，好像要掩饰过去似的扇动着被子说：

"起来啦。起来嘛。"

"太冷了。"岛村围着被子，问道，"旅馆里的客人都起来了？"

"不知道。我从后面上来的。"

"后面？"

"杉树林那，从那儿爬上来的。"

"那里有路吗？"

"没有路，不过近。"听罢，岛村吃惊地望着驹子。

"没人看见我来。厨房虽然有声响，不过玄关还关着呢。"

"你还是起这么早啊。"

"昨晚没睡着呢。"

"知道下了一阵雨吧？"

"是吗？难怪那边的山白竹湿了。我走啦。你再睡个回笼觉吧。"

"这就起来嘛。"岛村握着女人的手，猛地出了被窝。他来到窗边，低头看一片茂盛的灌木丛，女人说是从那儿爬上来的。灌木丛生在紧挨着杉树林的山坡上，窗户下面的田地里种着萝卜、红薯、葱、芋头等蔬菜，虽都是些常见菜，却在晨光照射下绽放出五彩斑斓的光芒，每片叶子的颜色都不同，给人一种初见的新鲜感。

通向浴室的走廊上，伙计正在给池中的红鲤喂食。

"天冷了，不好好吃食了。"伙计望着蚕蛹晒碎制成的鱼饵浮在水面上，对岛村说道。

驹子清爽地坐在那里，对洗澡归来的岛村说：

"要是在这么安静的地方做点儿针线活儿，就好了。"

秋日朝阳深深探进刚打扫过的房间里，照在略显陈旧的榻榻米上。

"你还会做针线活儿？"

"太小瞧人家啦。几个兄弟姊妹里，数我最操劳。现在想来，我长大成人那会儿，正是家里最艰难的时候。"她像是在自言自语，却突然换了高声，说道，"刚才女佣一脸诧异呢，问我是何时来的。我也不好几次三番地躲到壁橱里，有点不知所措呢。我还是走吧。挺忙的呢。昨晚没睡着，想回去洗头发。得趁早洗，等头发干了，还得去盘发店弄好头发，才能赶上中午的宴会呢。这边也有宴会，但昨晚才通知我，我已经答应别家了，来不了这儿了。今天周六，很忙的。没法来玩了。"

驹子嘴上虽如是说，却没有要起身的样子。

她也没有去洗头，倒是把岛村带到了后院。想必驹子方才是从这里偷偷溜进来的吧，游廊下有她的湿木屐和袜子。

她穿过的那片山白竹看样子是过不去的，于是二人沿着田地，循着水声往下游去，崖岸高峻，孩子们的声音穿过栗树梢传来。脚下草地上落着几个刺果，驹子用木屐踩碎，剥出了果实，都是小栗子。

对岸陡坡的山腰上，一片茅草穗儿随风摇曳，闪着耀眼的银色。虽说耀眼，却像是一抹虚无缥缈的透明色，飘动在秋日的空中。

"能看见你未婚夫的墓，去那儿看看吧。"

驹子一听，立马走上前，直视岛村，把手中的一把栗子扔到了他脸上。

"你耍我呢吧？"

岛村来不及躲闪，只听着额头有声响，顿时疼了起来。

"关你何事？你干吗去人家墓地看笑话？"

"你干吗那么生气？"

"我是认真的，不像你一样玩世不恭。"

"谁玩世不恭了？"岛村轻声嘟囔着。

"那你为何说是我未婚夫？我不是告诉过你，不是未婚夫吗？你忘了，是吗？"

岛村怎么会忘？

"我师傅可能想过成全我和他儿子。不过他也就是想想，从没说过。师傅的心思，他儿子和我都隐约看在眼里。但我们俩真的什么都没有……不在一块生活。我被卖到东京时，只有他送了我。"

他记得驹子这么说过。

可当他病危时，驹子却留宿在岛村处，一副豁出去的样子，说："我想怎么着就怎么着，他都要死的人了，管得住我？"

就在驹子送岛村到车站时，叶子来找她，告知她病人不行了，驹子却无动于衷，毅然决然没回去见病人最后一面,让岛村总想起这个叫行男的男人。

驹子对于行男又总是讳莫如深。既然不是未婚夫，又为何为了给他治病去做艺伎？这就是她说的"认真"吧？

驹子见他被扔了一脸栗子也不恼火，反倒一下子怔住了，瘫软着身子靠着他。

"唉，你也是个性情中人，你好像有什么伤心事。"

"小孩在树上看着呢。"

"真搞不懂你。东京的人好复杂。可能你们那繁华缭绕，所以三心二意呢。"

"满目繁华都要成过眼云烟的。"

"生命最后也不过是一缕青烟。去坟头看看吧。"

"嗯。"

"你看哪。其实你根本不关心，对不对？"

"心里有疙瘩的只有你。"

"我一次都没来过，真拘束呢，真的，一次都没破例。现在呢，师傅他也埋在一处了，觉得对不住师傅他老人家，可是越这么想，越没脸来见他了。反倒显得虚情假意的。"

"你更复杂呀。"

"怎么呢？对活着的人还有些顾忌，对逝去的人，总能坦诚吧。"

杉树林里一派寂静，好像连水滴掉落在地上的声音都听得见。穿过杉树林，沿着滑雪场脚下的铁轨一直走，很快就到墓地了。墓地位于田埂里略高的一角，仅立着十来块旧石碑，还有地藏菩萨。每座坟都光秃秃的，没有花，看着很寒碜。

突然，从地藏菩萨身后的矮树丛里探出了叶子的上身。她还是一脸认真，仿佛突然戴上了面具一般，目光如炬，犀利地看着这边。岛村点头向她鞠躬，顺势站住了，不再向前。

"叶子好早呀。我要去盘发店……"驹子刚一开口，突然一阵黑风刮过，她和岛村都缩成一团，仿佛要被卷跑。

一辆货车轰隆隆地驶过。

"姐姐——"一个粗嗓门的声音传来，一个少年站在黑色的货车门边，挥舞着帽子。

"佐一郎！佐一郎！"叶子喊他。

这个声音，就是下着大雪那天，在信号站呼唤站长的声音。那凄美的声音像是在呼喊远方的船只，船上的人却浑然不知。

货车驶过后，仿佛取下了眼罩，隔着铁轨看到对面的荞麦花娇艳极了。花朵绽放在一片红梗梗上，显得十分幽静。

与叶子的不期而遇，让二人甚至没有察觉到火车来了，而这一切，又似乎被货车一股脑儿吹得烟消云散。

再后来，车轮声渐行渐远了，倒是叶子的声

音仍余音不绝。纯净的爱意化作回声，仿佛打了个来回。

叶子目送车尾，说：

"我弟弟在车上，我去车站看看吧。"

"火车可不在车站等你哟。"驹子笑了。

"是啊。"

"我呢，可不会给行男扫墓哦。"

叶子点了点头，踌躇了一下，跪倒在坟前，双手合十。

驹子伫立在那儿。

岛村移开了视线，望着地藏菩萨。那是尊长脸三面佛像，正面在胸前合掌，左右还各有两只手。

"我去盘头啦。"驹子对叶子说罢，便沿着田埂往村子方向走去。

当地人用竹子和木棍把树干与树干连起来，像晾衣竿一样绑了好几层，在上面晾晒稻子，看上去俨然是竖起了一道高高的稻子屏风——当地人称之为"禾台"。岛村经过的路旁，农民正在搭建禾台。

只见身穿山袴的女孩轻轻扭动了一下腰，就把一捆稻子扔了上去，站在高处的男人默契地接了过去，拨开、捋顺，把稻子挂在竹竿上，他们专注且熟练地重复着相同的动作。

驹子把禾台上垂下来的穗子托在手掌上，像在称贵重物品一样摇晃着它，说："多好的收成，这稻子，让人摸着都舒服啊，比去年强太多啦。"她边说，边眯起眼睛，仿佛在享受跟稻子的触感。一群麻雀从她头上飞过。

路边的墙上还贴着一张旧招贴，上面写道：

"插秧工人工资合同：一日工钱九角，包伙食。女工工钱为男工的六成。"

叶子家里也有禾台，建在比道路略低的田地深处，院子左手边是邻家白墙，墙边有一排柿子树，树上搭有高高的禾台。田地和院子的交界处，也就是与柿子树上的禾台呈直角处，也搭有禾台，一端开有一个入口，可从稻子下面钻过。稻子虽不是席子，却也像搭了个小屋。田里是枯萎的大丽菊和蔷薇，跟前还有一片茂盛的芋头叶。禾台挡住了对面的红鲤莲池。

也挡住了去年驹子待的养蚕房的窗户。

叶子不怒自威，低头穿过了稻穗入口，回家了。

岛村目送她略前倾的背影，问道："她一个人住这儿？"

"不见得吧。"驹子冷淡地回答，"都怪你。我不去盘头啦。就是因为你多嘴，害得咱们打扰人家扫墓了。"

"你就是怕在坟头见到人家吧？"

"你可不懂我。一会儿若得空我再去洗头。可能晚点去你那儿，但一定去哦。"

她到时已是半夜三点。

开门声仿佛要把推拉门掀飞似的，岛村被那动静惊醒，驹子一下子栽倒在他胸口，瘫软着说道：

"我说来，就来了，对吧？说来，就来了吧？"她喘着粗气，连肚子都在起伏。

"没少喝啊。"

"你瞧，我说来，就来了吧？"

"嗯，来了。"

"看不见来这儿的路呢。根本看不见。呜呜，难受。"

"这样子还能爬上坡来？"

"不知道。反正来啦。"驹子使劲一翻身，躺在了岛村身上，压得他喘不过气来，正要起身，许是因为是被惊醒的，脑袋迷糊，又跟跄着栽倒下去，头碰到了热乎乎的东西，心头一惊。

"都像一团火了，傻瓜。"

"是吗？躺在火枕头上，当心烫伤哦。"

"真的。"岛村闭上眼睛，脑袋顿时感到一股热气袭来，让他真切感到生命的存在。从驹子急促的呼吸中，他感受到了很现实的东西，像似曾相识的悔恨，只是在平静地等待着复仇。

"我说来，就来了吧？"驹子反复叨咕。"我就是为履约来的，这就回去啦。我要洗头呢。"说着，她爬起身，咕嘟咕嘟喝水。

"你这样子怎么回得去？"

"那也回。有同伴呢。我洗澡的家什呢？"岛村起身点上灯，驹子双手捂脸，趴在榻榻米上。

"讨厌！"

只见她身着镶黑领、色彩艳丽的元禄袖[①]薄呢夹睡衣，系着窄腰带，看不见内衬的领子，连脚趾都泛着醉气，她蜷缩着身子像要把自己藏起来一般，显得可爱极了。肥皂、梳子等洗澡的家什零零落落散在榻榻米上，像被扔出去的一样。

"帮我剪吧。我带剪刀来了。"

"剪什么？"

"这里哦。"驹子把手放在头发后面，说道，"在家里就想剪元结[②]，可手不听使唤呢。所以来你这儿请你帮忙呢。"

岛村把女人的头发捋开，为她剪元结。每剪下一缕，驹子都摇摇头，让头发落下，然后坐正了，问道：

"现在几点啦？"

---

① 元禄袖是一种袖形，袖口大，呈圆形，袖子较短，适合日常穿着。因流行于元禄年间而得名。复古潮流兴起后，亦将圆形袖口和服称为"元禄袖"。

② 最初是指用来扎发根的头绳，后用作发饰。

"都三点了。"

"都这么晚啦？可别剪我自己的头发哦。"

"绑了好几个啊。"

他感到攥着的发根热乎乎的。

"都三点啦？我是不是从宴会回来倒下就睡着啦？跟朋友提前约好了，他们会来找我的啦，肯定在找我呢。"

"还在等你吗？"

"三个人呢，都在大浴池里泡着呢。六个宴会，只忙活过来四个。下周还有好多来赏红叶的。多谢啦。"她抬起头，梳理散开的头发，露出灿烂的微笑，说，"不去理会啦，呵呵呵，也不好。"

然后她百无聊赖地捡起落下的假发。

"还是去见朋友啦，不然不好。回去时就不上你儿这来啦。"

"看得见路吗？"

"看得见。"

她嘴上说着，腿上却跟跄了，踩着裙摆走了。

早晨七点和半夜三点，一天里她抽空来了两次，还都是如此诡异的时间，一想到这里，岛村就觉得不同寻常。

旅馆伙计们把红叶装饰在门口，仿佛门松一般，来欢迎前来观赏枫叶的游客。

一个自嘲是"候鸟"的临时伙计正在颐指气使地指指点点。他在附近的山间温泉里从新绿时节工作到红叶季，冬天去热海、长冈一带伊豆的温泉浴场帮工，不在固定的旅馆干活。因为他在伊豆繁华的大温泉浴场干过，见过世面，所以总在背地里抱怨这小地方待客不周。只见他卑躬屈膝、死乞白赖地招揽客人，一副乞丐相，丝毫不见诚意。

"先生，您认得通草果吧？要是吃的话，我给您摘来哦。"岛村散步回来时，伙计正把通草果连同枝蔓一起系在红叶枝上。

红叶像是从山上砍伐来的，有屋檐那么高，鲜艳的火红色显得玄关亮堂堂的，每一片叶子都大得惊人。

岛村手里攥着冰凉的通草果果实，向账房一望，只见叶子正坐在炉边。

老板娘正拿铜壶烫酒。叶子坐在她对面，无论老板娘说什么，她都频频点头。叶子既没穿山裤，也没穿外褂，只穿了件像是刚刚浆洗过的绸子和服。

"帮工的？"岛村不露声色地问伙计。

"是啊，忙得人手不够呢。"

"跟你一样啊。"

"嗨，是村里姑娘，怪怪的呐。"

他说叶子是在厨房干活的，从没上过宴会。客人一多，厨房里的女佣们也开始大声喧嚣，唯独听不到叶子那好听的声音。听负责岛村房间的女佣说，叶子喜欢睡前在浴缸里唱歌，但他也从没听到过。

不过，一想到叶子住在这里，岛村就有些顾忌，不好随意叫驹子上门了。驹子显然是爱他的，可他因为自己空虚，所以也觉得她的爱不过是场美丽的徒劳，但他越是如此，驹子那鲜活的生命越是勇往直前，如同她那赤裸的肌肤一样扑将过来。他怜惜驹子，也心疼自己。而叶子呢，让岛村觉得她仿佛有一双可以轻易穿透一切的眼睛，这让他着迷。

可即便岛村不叫，驹子倒也来得殷勤。

去看溪流深处的红叶时，他曾从驹子门前经过。一听到汽车声，她就知道一定是岛村，跑到外面，可他却头也不回，被她说成是薄情郎。但凡旅馆叫她去，或是去洗澡，她都要顺路来岛村房间。一有宴会，她总是提前一个小时就到他的房间，一直待到女佣来叫。她总是从筵席上溜出来，在镜台前补好妆，说上一句"我这就去工作啦，还得赚钱呢。去啦，赚钱啦，赚钱啦"，然后起身就走。

她的琴拨盒啦，外套啦，带来的东西统统都想放在他的房间里，不带回去。

"我昨晚回去，连热水都没有呢。我就在厨房里翻了翻，浇上早上剩的味噌汤，就着梅干吃了。好凉啊。今天早晨他们也没叫我，一睁眼就是十点半了，本来打算七点起来的，结果耽误了。"

她总是叨叨这些事，从哪家旅馆去了哪家旅馆，还有筵席上的事，一五一十地说给岛村听。

"我待会儿再来哦。"她喝了口水，站起身，说道，"也可能来不了啦。你想想，三个人招待三十个人呢，忙得没法抽身。"

嘴上说着，她还是没过多久就来了，说道：

"难受。三个人伺候三十个人呢，而且一个最老的，一个最年轻的，累死我了。这些客人真抠门，一定是什么旅行团。三十个人，怎么也得叫六个人陪才是啊。我去喝酒啦，吓唬吓唬他们再过来。"

每天如此，真不知未来如何，连驹子都有些不愿袒露身心了。而她略显孤独的情绪，反倒为她添了风情，尽显妖娆。

"走廊地板响了，好难为情啊。我轻轻地走，还是出声呢。从厨房走过时，他们都笑我呢，说驹子你又去椿厅吧？真没想到得顾忌这么多呢。"

"地方太小，所以为难吧。"

"大家都知道了呢。"

"那可不好。"

"是啊。小地方，更是坏事传千里呢。"说着，她抬起头微笑着说，"不过也没关系啦。我们这些人，到哪儿都一样干活。"她说得发自肺腑，也很现实，对于靠祖辈遗产悠然度日的岛村而言，很是吃惊。

"是真的哦。在哪儿都一样挣钱。没什么可留恋的。"

从她不露声色的语气中，岛村听出了女人的心声。

"怎样都行。也就是女人啊，会真心喜欢上一个人。"说着，驹子脸上泛起了红晕，低下了头。

透过衣领，岛村看到她的后背到肩膀像一面打开的白色扇子。施了厚厚白脂粉的肉，丰满得有些莫名可悲，看着既像毛织品，又像动物。"现如今这世道啊。"岛村嘟囔着，说得苍白无力。

驹子只是轻描淡写地说了句"什么时候都是呢"，便抬起头，茫然若失地又说了一句："这你都不知道吗？"

这时，看不到她紧贴后背的红色内衬了。

岛村正在翻译瓦莱里、阿兰还有俄罗斯舞蹈兴盛时期法国文人的舞蹈理论。他打算自费出版，少量印刷。这本书对当下的日本舞蹈界没有任何帮助，这反倒让他放心。他的工作不过是为了冷眼嘲讽自己，也是种自娱自乐的享受吧。他那可怜的梦幻世界或许也是由此而产生的。他没有必要急于出行。

他仔细观察昆虫们挣扎而死的情景。

天凉好个秋，他房间的榻榻米上每天都有虫子死去。翅膀坚硬的虫子翻个身，就再也起不来了。蜜蜂跌跌撞撞，撞撞跌跌，最后还是倒下了。季节更替，死去是必然的，原以为只是安静地死去，走近一看才知，腿和触角都还颤抖着，挣扎着。对于一个个小小生命的死亡来说，八张榻榻米草席已是很大的空间了。

岛村捏起尸骸时，有时会突然想起留在家里的孩子们。

有的飞蛾始终停在纱窗上，其实已经死了，像枯叶被吹落。还有些从墙壁上落下。岛村拿在手里，心想，竟有如此美的东西。

防虫的纱窗卸下来了，虫声明显寂寥了。

县境上群山的红锈色越来越深，在夕阳的映照下，发出略带冰冷的矿石般的钝光，旅馆里来了很多赏红叶的客人。

"今天来不了啦，大概是当地人的宴会呢。"嘴上虽这样说，驹子当晚还是先到了岛村的房间，她走后不久，大客厅里就传来了太鼓声，夹杂着女人的尖细的声音。一片喧闹中，从意想不到的近处传来了清澈的声音。

"您在吗？打扰啦。"是叶子在叫他，"这个，是驹子让送来的。"

叶子站着，像邮递员一样伸出手，又慌忙跪坐下来。岛村打开信封的工夫，叶子就不见了踪影，没来得及说句话。

"这会儿正闹得欢，喝酒呢。"怀纸上的字都洋溢着醉意。

过了不到十分钟，驹子就跟跄着脚步来了。

"她刚才送过来了吧？"

"来了。"

"哦？"她眯着眼睛，开心地说，"哇，好开心。我说出来买酒，就溜出来啦。要是被伙计看到，又要挨说了。酒真好，挨批也不怕，也不在意脚步声啦。哎呀，糟了。一来这儿，酒劲儿突然就上来了。我去干活儿啦。"

"你连指尖的颜色都那么美。"

"走啦，赚钱去啦。对了，她说什么了吗？你知道吗？她可是个醋坛子呢。"

"谁？"

"会被杀掉的哦。"

"她也来帮工了啊？"

"她端着酒壶，站在走廊角落，直勾勾地盯着看呢，眼睛闪闪发光。你就喜欢那双眼睛吧？"

"她那眼神，分明在说无耻。"

"所以我才写了便条，让她送来。啊，想喝水，快给我水。也不知谁无耻，女人你不骗到手，可说不清呢。我醉了吧？"说着，她像栽倒一般抓着镜台两端，盯着镜中看了看，然后挺直了腰板，整理了裙摆，出去了。

过了一会儿，宴会似乎结束了，一下子安静了，远处传来收拾餐具的声音。岛村寻思，驹子可能被客人带去别的旅馆，喝回头酒去了，正在这时，叶子又送来了驹子的便条。

"山风馆散场了，现在去梅厅，回去时去你那儿，晚安。"

岛村有些难为情，苦笑着道：

"非常感谢。你是来这帮工的？"

"嗯。"叶子点头，顺势用她那极具穿透力的美丽眸子瞥了他一眼，让他不禁感到有些狼狈。

以前每次见她，总觉心神荡漾，此刻她就静静坐在他面前，却让他心神不宁。可能因为她太过认真了，所以才被卷入各类怪事的旋涡中。

"看样子你挺忙的。"

"嗯。不过我什么都做不了。"

"见过你好多次了。第一次是在回来的火车上，你照顾着一个病人，跟站长托付你弟弟，还记得吗？"

"嗯。"

"听说你睡前泡澡时唱歌？"

"天呐，太丢人了，好难为情啊。"她的声音美得惊人。

"总觉得你的事我都知道呢。"

"是吗？听驹子说的吗？"

"她什么都没说。甚至不愿意提起你呢。"

"是吗？"叶子轻轻侧过脸，说，"驹子挺好的，就是怪可怜的，你要好好待她。"

她说得很快，尾音有些颤抖。

"可我什么也给不了她。"

听到这儿，叶子仿佛连身子都颤抖了，从她脸上闪过一道锐利的光，岛村躲闪开，笑道：

"也许早点回东京就好了。"

"我也要去东京呢。"

"何时？"

"何时都可以呢。"

"那我回去时带上你吧。"

"嗯，带我去吧。"语气像孩子，又那么认真，岛村一惊。

"你家里人答应的话。"

"家里人嘛，就只有一个弟弟，在铁路上，所以，只要我自己决定就好。"

"东京有能投奔的人吗？"

"没有。"

"跟她商量了吗？"

"是驹子吗？我恨她，不跟她说。"

说这话时，她或许放松些了，抬起头，用微微湿润的眼睛看着他。岛村感到一种奇怪的魅力，不知为何，反倒燃起了他对驹子炽烈的热情。他觉得，回去时带上这个不知底细的姑娘，跟私奔一般，是对驹子最强烈的谢罪，又像是一种惩罚。

"你跟这么个男人走了，不害怕吗？"

"为什么害怕？"

"你在东京暂时落脚的地方，还有要干什么营生，这些不定下来，就敢贸然前去？"

"我一个女人，总能有法子的。"叶子翘起尾音，温柔地答道。她盯着岛村，问：

"能雇我当女佣吗？"

"什么？女佣？"

"我其实不想当女佣。"

"之前在东京干什么？"

"护士。"

"是在医院或是学校吧？"

"没，我只是想当护士呢。"

岛村又想起火车上叶子照顾师傅儿子的样子，不禁笑了，想来叶子立志于此，才照顾得那么认真吧。

"那你这次是要去护校学习？"

"已经不想当护士了。"

"这么没耐性可不行啊。"

"哎呀，什么耐性不耐性的，不喜欢啦。"叶子笑着反驳。

那笑声很高很清澈，听着有些悲伤，绝非是带着傻气的，却敲打着岛村空虚内心的外壳，随后渐渐远去了。

"很可笑吗？"

"我只照顾过一个人。"

"哦？"

"再也做不来了。"

"是吗？"岛村完全没有想到，也只好平静

作答。

"听说你每天都到荞麦田下面去祭拜。"

"嗯。"

"这辈子，不会再照顾其他病人，也不会再给旁人扫墓了吧？"

"不会了。"

"那为何还能抛下那座坟墓去东京？"

"唉，谢谢您，带我去吧。"

"驹子说你是个厉害的醋坛子呢。他不是驹子的未婚夫吗？"

"行男吗？不是，不是的。"

"你恨驹子，是怎么回事？"

"驹子？"叶子眨着眼睛看岛村，仿佛在呼喊就在身边的人，"你就好好待驹子吧。"

"我什么都给不了她啊。"

叶子的泪水夺眶而出，她攥住落在榻榻米上的小蛾子，抽泣着说：

"驹子说我会疯的。"

说罢，她就一溜烟地离开了房间。

岛村感到一丝寒意。

他打开窗户，要把叶子杀死的蛾子扔出去，却看见酒醉的驹子欠着身子，正逼着客人划拳。天空阴暗，岛村去了室内的浴池。

叶子领着旅馆的孩子进了隔壁的女浴池。

她给孩子脱衣服，给孩子洗澡，那么温柔，声音像是初当人母般，甜甜的，很温馨。

很快，女浴池那边又传来了她甜美的歌声。

…………

到后面一看哟

梨树有三哟

杉树也有三

总共六棵哟

乌鸦在下面哟

筑起巢哟

麻雀在上面哟

垒起家哟

林中的蟋蟀哟

啾啾叫个啥子哟

阿杉给朋友扫墓哟

一处一处又一处

这拍球歌唱得很快，那么稚嫩，那么活泼，那么欢快，让岛村觉得，跟刚才的叶子判若两人。

叶子一直跟孩子说话，她离开浴室之后，那声音跟笛声一样萦回不停。门口黑亮陈旧的地板上，有一只桐木三味线盒，岛村被这宁静的秋夜吸引，想知道是哪个艺伎的，正想看清楚琴盒主人的名字时，从洗碗声中传来了驹子的脚步声。

"看什么呢？"

"这位是留宿的吗？"

"谁？啊，这个？你这个笨蛋，这东西哪能每件都带身上啊。有时要放这好几天呢。"她笑着说着，喘着粗气，闭上眼睛，放下裙摆，跟跟跄跄地扑向岛村。

"你送我，好不好？"

"还回去干吗呢？"

"不行不行，要回去。今天是当地人的宴会，大家都跟着去喝回头酒了，就我留下了呀。这有宴席还好，朋友回去时要叫我一起去泡澡的呢，我若是不在家，就太过分了呢。"

驹子虽然醉得厉害，走在陡峭的山坡上倒也利索。

"你把她弄哭了啊。"

"说来还真有些疯癫呢。"

"你那么看人家，有意思吗？"

"不是你说的吗？说她要发疯的。她想起你说她的话，才难受得哭了。"

"那倒没关系。"

"不过还不到十分钟，就进浴池里高兴地唱歌了。"

"她真是喜欢泡着澡唱歌呢。"

"她很认真地把你托付给我，让我好好待你。"

"这蠢货。不过，这些事你也不必跟我吹嘘吧。"

"吹嘘？你好像一提起她，说不清为何，总是较着劲呢。"

"你想要她吧？"

"你，说什么呢？"

"不是开玩笑。你看她那样子，我总觉得她早晚会成我的累赘的。你要是真喜欢她，你就好好端详端详她，你一定也会这么觉得。"驹子把手搭在岛村肩上，依偎着他，突然，她摇着头说，"不对。在你这样的人手里，她也许就不会发疯了。能帮我拿行李吗？"

"别胡说了。"

"你以为我喝醉了发酒疯呢？一想到她在你身边得到宠爱，我就干脆在这山里过着放荡的生活算了。"

"喂。"

"别管我。"她小跑着走了，猛地撞在挡雨板上。原来那就是驹子的住处。

"他们以为你不回来呢。"

"不嘛，能开门的。"

驹子往上抬门框下摆，门发出吱吱嘎嘎的声音，驹子小声说道：

"来待会儿吧。"

"都这个时间了。"

"家里人都睡了。"

岛村还是犹豫。

"那我送你吧。"

"不用啦。"

"不嘛。你还没看我现在的房间呢。"

一进后门，只见眼前横七竖八睡着一家人。并排的几床褪了色的硬邦邦的被子，面料跟这里的山袴一样。昏黄的灯光下，岛村先是看见主人夫妇和一个十七八岁的姑娘，他们脚下躺着东倒西歪的五六个孩子，贫寒中孕育着一股坚韧的力量。

岛村觉得卧室里呼出的热气让空间倍显逼仄，他忍不住要往外走，驹子却砰的一声把身后的门关上了，她大步流星踩在地板上，毫不介意脚步声，岛村则蹑手蹑脚地从孩子枕边走过，顺利过关后，一丝怪异的快感让他心头一震。

"你在这儿等着，我去把二层的灯点上。"

"没事。"岛村爬上漆黑的楼梯，回头一看，隔着一张张熟睡着的朴实的面庞，可以看到对面的零食店。

二层是四间大小，铺着席子，一看就是庄稼人的屋子。

"就我一个人，很大吧。"驹子说道。所有拉门都敞开着，家里的旧家私等统统堆放在远处的房间里，熏黑的拉门里铺着驹子的单人被褥，显得很小，墙上拄着赴宴要穿的行头，像是狐狸的栖身之所。

驹子只身坐在地板上，把仅有的一个坐垫给了岛村。

"哎呀，这么红。"她对着镜子说，"都醉成这样了？"

说着，她到衣柜上找东西。

"喏，这是日记。"

"写了不少嘛。"

她从旁边拿出一个贴着花纹的小纸盒，里面塞满了各种香烟。

"都是客人给的，我就装在袖子里，或者掖在腰带里带回来了，虽然弄得皱巴巴的，但是不脏哦。

别小瞧它，杂七杂八的还挺全乎呢。"说着，她伸手拿到岛村面前，在纸盒里翻来翻去，给他看。"天呐，没有火柴。我自己戒烟了，用不到了。"

"没事的。你还做针线活？"

"嗯。不过干得很慢，因为赏红叶的客人太多。"驹子转过脸去，把柜子前没缝好的东西推到了一边。

直木纹衣柜和高档的朱漆针线盒还在，估计是驹子对东京生活的怀念吧，原来放在她师傅家的旧纸盒般的阁楼里，而今挪进了这个荒凉的二层，尽显凄凉。

一根细绳从电灯处垂落在枕头上。

"睡前看会儿书，一拉它就关灯睡觉啦。"驹子摆弄着绳子，像个居家女人似的乖乖地坐着，带着几分矜持和害羞。

"跟狐狸出嫁一样。"

"还真是。"

"要在这屋里住四年？"

"已经住了半年了。很快的呢。"

这时从楼下传来了鼾声，也正好没有话茬儿了，岛村慌忙起身。

驹子本要关窗户，却探头仰望天空，说："要下雪了，红叶季快过去了。"说着，她又探出身子，"这一带都是山，红叶还没落就要下雪了呢。"

"好吧，那晚安吧。"

"我送你去，到旅馆门口。"

嘴上虽这样说，她却跟岛村一起进了旅馆，道了句"晚安"，说罢就没了踪影，不知去了哪儿。过了一会儿，她端了满满两杯冷酒，一进他的房间，就兴奋地大声说：

"来呀，喝酒啦。喝酒。"

"旅馆的人都睡下了，从哪儿拿来的？"

"嘻嘻，我知道放在哪儿。"

驹子可能是从酒桶倒酒的时候就偷喝了，勾起了方才的醉意，她眯缝着眼睛，看着酒杯里的酒都快溢出来了，说："不过摸黑喝酒真的不香呢。"

岛村接过递到他面前的冷酒，一饮而尽。

这点酒本不足以醉，但许是在外面走得身子凉了，他突然觉得胸口难受，有些上头，连自己都知

道此刻他一定脸色苍白，只得闭上眼睛躺下。驹子
赶忙护理他，过了一会儿，岛村贴着女人热乎乎的
身子，才感到放心，像孩子一样。

驹子倒有些不好意思，有些扭捏，像一个没生
育过的姑娘抱着人家的孩子，抬起头看着孩子睡觉
似的。

过了一会儿，岛村嘟囔着说：

"你真好。"

"怎么啦？哪里好啊？"

"就是好。"

"是吗？你可真是讨厌。说什么呢？快清醒起
来。"驹子转过身子，摇晃着岛村，断断续续地说，
然后就沉默了。

少顷，她一个人笑了：

"不好，我心里难受，你还是回去吧。我已经
没衣服可穿了。每次来你这儿，我都想换一件陪酒
的行头，可都穿过来了，没得换了，身上这件还是
找朋友借的呢。是不是不好？"

岛村无话可说了。

"你说我好，哪里好呀？"驹子声音有些哽咽，道，"第一次见你时，我好讨厌你，没人说那么无礼的话呢。真是讨厌极了。"

岛村点点头。

"哎呀，我一直忍着没跟你说。你懂吗？你让女人说这话，就完了，明白不？"

"我不介意。"

"真的？"驹子沉默了好久，仿佛在回顾自己过往的人生。岛村感受到了一种温度，那温度来自一个女人鲜活的生命。

"你真是个尤物。"

"何以见得？"

"就是个尤物。"

"你个坏人。"她把脸藏起来，仿佛肩膀痒痒一般，又不知突然想起了什么，单肘托着头说，"什么意思？你说一下，什么意思？"

岛村吃惊地看着驹子。

"说呀。你为这个才往这儿跑的吧？你在笑我吧？你还是在笑我。"

驹子脸红了，瞪着岛村发问，突然，她的肩膀在强烈的愤怒中颤抖起来，脸色一下子铁青了，眼泪扑簌扑簌落了下来。

"糟心，真叫人糟心啊。"她一骨碌翻身坐起身，背对着他。

岛村一看驹子这样，知道肯定是误会了，心头一惊，但仍闭着眼睛，沉默不语。

"好难过。"

驹子自言自语般小声嘟囔，身子缩成一团，趴在那儿。

过了一会儿，许是哭累了，她把银簪扑哧扑哧插在榻榻米上，然后突然离开了房间。

岛村没能去追。驹子的话让他感到十分愧疚。

不过很快驹子就回来了，脚步声很轻，从拉门外尖声喊道：

"喂，去泡澡吗？"

"嗯。"

"对不起呢。我想通了。"

她躲在走廊上站着，看来无意进房间。岛村拿了手巾出去，驹子略微低着头，走在前面，避免与他对视。她像一个被揭发了罪行、此刻正要被带走的人。泡在热水里，身体渐渐热乎了，她也异常兴奋起来，看着让人心疼，睡意全无。

次日清晨，岛村在谣曲声中醒来。

他静静地听了会儿，驹子从镜台前回过头来，莞尔一笑说：

"是梅厅的客人。昨晚宴会后不是叫我去了吗？"

"是谣曲会的团体旅行吗？"

"嗯。"

"下雪了吧？"

"嗯。"驹子站起身，哗的一声打开拉窗，给他看。

"红叶季过去啦。"

窗子将灰色的天空隔在了外面，鹅毛般的雪片从窗子簌簌地飘了进来。好一派宁静的梦幻世界。岛村尚未睡醒，觉得空虚，呆呆望着窗外。

唱谣曲的人们传来了击鼓声。

岛村想起了去年年底的那面晨雪的镜子，于是向镜台望去，只见镜中飘着鹅毛般冰冷的雪花，驹子打开衣领，正在擦脖子，驹子周围飘起了雪花连成的白线。

驹子的肌肤如同出水芙蓉般洁净，很难想象，她竟然是个因他随口说出的一句话就钻牛角尖的女人，这反倒让她显得格外可怜且无可救药。

红叶的锈色日渐黯淡，远山却因初雪又焕然一新了。

杉树林挂了一层薄薄的雪，每一棵杉树都显得棱角分明，尖锐地指向天空，立于雪地之上。

雪中制丝，雪中织造，再用雪水洗涤，雪上晾晒。整个工艺，自始至终，都在雪中完成。古人云，有雪才有绉纱，雪孕育了绉纱。

漫长的雪季里，村里的妇女们就靠干这些手工活度日。岛村也在旧衣店淘到过一件雪国的麻纱，买了做夏衣。因为他关注舞蹈，也与卖能乐装束[1]的旧货店熟络了起来，他让店掌柜帮他留心，只要有质地上乘的绉纱，他随时都想看看。他钟爱绉纱，买了来贴身穿。

听说旧日时节里，每到卸下挡雪帘、积雪消融的春天，就到了绉纱开市的时节。东京、京都、大阪三大商圈的布匹批发商每年都远道而来，甚至有固定的旅馆。姑娘们花费半年心血织造，为的就是开市大吉，所以远近村落的男男女女都云集而来，杂耍、卖货的店铺鳞次栉比，像过节一样热闹。绉纱上挂有纸签，写着织女的名字和地址，按其做工高下来评判伯仲。说白了，就是挑选纺织娘了。这些织女都是从小就练起，然后长到了十五六岁到二十四五岁，如花似玉的年纪，织出来的东西也质量上乘。一旦上了年纪，连纱料也失了光泽。姑娘们琢磨技艺，为的就是跻身屈指可数的织女榜单中。

———————————

[1] 能乐演出中穿着的服装被称为"装束"，其特征是艳丽奢华，多使用丝绸、金银箔，也多用刺绣等工艺。

农历十月开始纺纱，次年二月中旬晾晒完毕。时值雪季，再无别的事，故这些手工活才做得格外专心，格外用心，每一件都包含着满满的情丝。

岛村穿的绉纱，料想也是江户末到明治初的姑娘们织造而成的吧。

岛村还是因袭旧习，把自己的绉绸拿到雪中去晒。毕竟是件估衣，也不知是何人穿过的，每年送到产地晒就太麻烦了。不过想想当年的纺织娘在雪季里付出的心血，还真想在织女的故土晒晒她们的织物。厚厚的雪上晾着白麻，朝阳一照，分不清是雪还是织物，都被染成了红色。一想到这情景，岛村就觉得洗去了一个夏天的污垢，仿佛晒在自己身上一般，舒服极了。当然，这些都是东京的估衣店代为操办的事，旧时的晒法到底是否还流传至今，岛村也不清楚。

自古就有晒衣店。很少有织女在各自家里晒衣，大多委托专业店铺办理。白绉纱织成后直接在雪上晾晒，有颜色的绉纱要纺成线后，在竹竿上挂晒。旧历一月到二月间，有时就拿覆盖着白雪的田地当晾晒场。

无论是纱布还是纱线,都要在灰水里浸泡一夜,次日清晨再用水洗多遍,然后拧干晾晒,如此反复多日。白绉纱快要晒好时,朝阳升起,红艳艳的,难以名状。古人云:"欲使见南国之民。"待绉纱全都晒好后,雪国的春天也就近了。

绉纱的产地离这里的温泉浴场很近,从岛村的房间似乎隐约可见,位于下游原野、山峡逐渐开阔处。但凡开设有绉纱集市的地方,大多建了火车站,现在也是知名的纺织工业区。

可岛村来这处温泉的时节,既非穿绉纱的盛夏,也非织造的隆冬,没有机会与驹子聊起绉纱的话题,也没有缘由走访昔日的手工艺旧迹。

只有听到叶子在浴室唱歌时,他才突然想到,这个姑娘如果生在旧时,想必也是坐在纺车、纺机前那样唱歌吧。叶子的歌本该属于那般情景。

麻线比发丝还细,若无雪中天然的湿气,很难处理,所以最适合阴冷季节,于是古人便说,越是严寒中织造的麻,越在暑热中穿着凉爽,这是阴阳规律。就像驹子贴过来，缠着他，让岛村觉得说不出的彻骨清凉。也因了此，驹子内里的热情，才惹得岛村怜爱。

可这种依恋到头来不会留下一点痕迹吧，连一张绉纱般轻薄的东西都不曾留下。即使制衣布料在手工艺品中算寿命短的了，但只要悉心保管，五十多年前的绉纱还可以穿，不会褪色。人与人之间的交情却远不及绉纱长久。岛村漫无边际胡思乱想着，脑际猛然浮现出驹子生了其他男人的孩子、当了妈妈的样子。岛村一惊，环视四周，想自己大概是累了吧。

他在此停留太久，甚至忘记回到妻子身边了。倒也不是离不开，也没有难舍难分，只是形成了一种惯性，让他习惯了等待驹子频频前来相会。驹子越是步步紧逼，岛村就越自责，觉得自己如同行尸走肉。说白了，他盯着自己的孤独，站在原地，却没有任何办法。驹子陷入自己编织的世界无法自拔，令岛村感到不可思议。驹子把一切给了岛村，可岛村却什么都无法与驹子分享。岛村听到一种类似回声的声音，是驹子撞在空洞墙壁上的声响，在岛村听来，恰似雪降落又堆积在心底。

岛村心想，这次回家后，估计暂时不会来这个温泉了。雪季近了，岛村靠着火盆，听着旧铁壶发出柔和的水沸声——壶是旅馆主人特意给他拿来的京都货，巧妙地镶嵌着银花鸟雀。水沸声有两重，一处近，一处远，比远处的水沸声还远一些的地方，始终响着微弱的铃铛声。岛村把耳朵凑到铁壶边，聆听铃声。当远处的铃声响个不停时，岛村看见驹子的小脚迈着小碎步来了，一如此刻的铃铛声。岛村一惊，心想，是时候离开了。

岛村想去绉纱产地看看，也想趁机离开这个温泉。

可下游有好几个村镇，岛村不知去哪里好。他对已经发展得颇具规模的纺织基地不感兴趣，就选了一个落寞冷清的车站下了车。走了一会儿，来到了一条昔日的旅馆街。

家家户户的雨檐都是长长的，支撑雨檐的柱子在路边立了一排，有点像江户城中的"店下"，当地人自古将其称为"雁木"，为的是保证积雪很厚时也能通行。一个个雨檐相连，另一边连着屋檐。

如此一个挨着一个，屋顶上的雪只好扫到路的正中央，否则无处可堆，这样一来，大屋顶到路中央形成了一道雪堤。要穿行时得在雪堤上凿出几处隧道，当地人称之为"钻胎"。

同在雪国，驹子待的那个温泉村就不见这样的屋檐相连，岛村在此处第一次见到雁木，他觉得稀罕，就多走了会儿。屋檐下阴暗得很。倾斜的柱子根部已经腐烂，仿佛在监视着祖祖辈辈都埋在雪里、弥漫着阴郁的房子。

织女们在雪里埋头苦干，她们的生活却不似她们手里织造的绉纱那么明快怡人。至少这座古镇给人的印象如此。记载绉纱的古书中还引用了唐代秦韬玉的诗句，说是织一匹绉纱要花很多功夫，根本划不来，所以才没有人家会雇佣织女织造。

那些辛苦劳作的无名工人早已作古，只留下那些美丽的绉纱。夏天穿在身上，十分清爽，是岛村这些人的奢侈衣料。这本是平常事，岛村却突然感到不可思议。本是满满的爱意，却在不知何时何处鞭打着他人。岛村走出了雁木，来到了街上。

这是一条笔直的长街，一看就是旅馆街该有的样子。或许是直通温泉村的一条老路吧。木板茸的屋顶上的压木和压石也和温泉村并无两样。

屋檐下的柱子投下了淡淡的影子，不知不觉已近黄昏。

没什么可看的，岛村又坐上火车，在另一个村镇下了车。也和方才那里相似。他还是漫无目的地溜达，吃了一碗乌冬面，好抵御寒冷。

乌冬面馆在河岸上，河是从温泉浴场流到此处的吧。

他看见尼姑从桥上过河，三三两两结伴而行。尼姑们穿着草鞋，有的还背着圆顶斗笠，好像化缘归来，看着归心似箭，如同乌鸦急于归巢。

"走过去的尼姑似乎不少啊？"岛村问乌冬面馆的女人。

"是啊，这山里面有个尼姑庵。过几天一下雪，再从山里走出去就难了呢。"

看时，桥对面的山已经白茫茫的了。夜幕将近。

在雪国，一到树叶凋落寒风起的季节，总要连日阴冷起来，这是要下雪了。远近高山都会着上白色，叫"岳回"。有海的地方听海叫，山的深处有山鸣，如远雷一般，这叫作"胴鸣"①。观岳回，闻胴鸣，便知雪近了。岛村想起古书上曾如此写道。

降初雪那天早晨，岛村还在睡觉，听到了赏红叶客人唱的谣曲。不知今年是否曾有海叫和山鸣？岛村就是独自旅行时在温泉遇到了驹子，一次次见面，让他的听觉都有些异常敏锐了，一想到海叫和山鸣，顷刻间仿佛就有声音由远及近，在他耳底萦绕。

"尼姑们也要越冬了吧？大约有多少人呢？"

"不知道，好多人吧。"

"全是尼姑，几个月都在雪里做什么呢？以前

---

① 降雪前的前奏，轰鸣声。

这一带织造绉纱，尼姑庵里也织吗？"

见岛村口无遮拦，乌冬面馆的女人只是微微一笑。

岛村在车站等返程火车等了将近两个小时。太阳携着它微弱的光落山了，寒气袭来，直冲霄汉，仿佛要挤出寒星里的寒光。他的脚很冷。

岛村又回到了温泉浴场，他也不知道自己为何出行。车经过熟悉的岔口，来到了守护林——杉树林旁。眼前有一座亮着灯的房子，岛村松了一口气，那是菊村小饭馆，门口站着的三四个艺伎正在聊天。

他想，驹子想必也在，就瞬间看到了驹子。

车子一下子放慢了速度。司机可能知道岛村和驹子的事，总之开得很慢。

岛村突然回过头去，扭向与驹子相反方向的后方。来时的车辙深深地留在雪地上，借着星光从远处竟也看得见。

车子开到了驹子面前。一眨眼的工夫，驹子飞快跳上了车。车没有停下来，就那么稳稳地开上了坡。驹子弯着身子，踩在车门外的踏板处，抓着门把手。

驹子虽然是跳上来的，却像吸在上面一般，岛村只感觉到挨着一个轻柔温暖的东西，丝毫不觉得驹子的所作所为冒失，危险。驹子抬起单臂，像抱着窗户。她的袖口滑落下来，长内衬的颜色透过厚厚的玻璃映了进来，照在岛村冻僵的眼睑上。

驹子把额头贴在玻璃窗上，高声喊道：

"你去哪儿了？喂，你去哪儿了？"

"太危险了。别胡来！"岛村也高声答着，却只觉是个甜蜜的游戏。

驹子打开门，横倒了进来。就在这时，车子停了下来，停在了山脚下。

"喂，去哪了儿？"

"哦，嗯。"

"哪儿？"

"也没去哪儿。"

驹子整理了一下裙摆，这不过是个艺伎的寻常动作，岛村却突然觉得很稀罕。

司机一动不动。车子停在路的尽头，岛村这才意识到，这样坐着很尴尬。"下车吧。"他说。

驹子却把手搭在岛村的膝盖上，道：

"哎呀，真冷，这么冷。为何不带我去呢？"

"是啊。"

"到底为何？你个坏人。"

驹子开心地笑了，爬上了陡峭的石阶小路。

"你出去的时候，我看见你了。两点还是三点吧？"

"嗯。"

"听见车发动了，我就出来了。你没看后面吧？"

"嗯？"

"没回头呢，你怎么不回头看呢？"

岛村吃了一惊。

"你不知道我目送你走的吧？"

"不知道呀。"

"你瞧瞧你！"驹子说着，却还是笑盈盈的，把肩膀凑了过来，看着挺开心的样子。

"为何不带我去？冷淡了吧？讨厌。"

说话间突然报火警的钟声响了。

两人转过身子，只听到：

"着火了，着火了！"

"着火了。"

火舌从下面村庄的正中央熊熊燃起。

驹子叫了两三声，攥着岛村的手。

滚滚黑烟盘旋而上，火舌隐约可见，在两侧蔓延，仿佛在吞噬房檐一般。

"是哪里？是不是你原来住的师傅家？离那很近吗？"

"不是。"

"是哪里？"

"还要靠上，火车站附近呢。"

火焰冲破屋顶，熊熊而起。

"糟了，是茧丝仓库！茧库！天呐，糟了，茧库起火了。"驹子嘴里一直嘟囔着，脸靠在岛村肩上。

"是茧库！茧库！"

火势越来越大，在浩瀚星空下，从高处望去，静得像是一场游戏。也因了此，让人望而生畏，觉得熊熊烈焰的声音逼近耳边了。岛村抱住驹子。

"没什么可怕的。"

"不不不。"驹子摇着头，哭出声来。她的脸在岛村手掌上，让人觉得比以往任何时候都小，她紧绷的太阳穴颤抖着。

岛村也不知她是看到火所以哭了起来，还是因为其他的什么，只是把她紧紧搂在怀里。

突然，驹子停止了哭泣，把脸移开，道：

"哎呀，对了，茧库还放电影呢，就是今晚。里面人很多呢，你……"

"那可糟了。"

"会有人被烧伤的，会被烧死的。"

两人忽听上面一片喧嚣，赶忙跑上石阶，抬头一看，只见高高在上的旅馆二层和三层大多打开了拉窗，走廊亮着灯，都在观看火情。庭院尽头是一排菊花枯枝，不知是在旅馆灯光还是点点星光的照耀下，也现出了轮廓，使人恍然以为它们身上也折射着火影，定睛一看，菊花后面还站着人。三四个旅馆伙计连滚带爬从二人头顶下来。驹子扯着嗓门儿喊：

"喂，是茧库吗？"

"是茧库！"

"有人受伤吗？没有人受伤吧？"

"正一个个往外救呢。是电影胶片着火了，一下子就着了，火势很快啊。是电话里听说的。你看那吧。"伙计抬起单臂指着，同时风驰电掣地从她面前经过了。

"听说正从二楼一个一个把小孩扔下来呢。"

"唉，这可怎么办啊！"驹子说着，也跟着伙计们下了石阶，她身后的人超过了她，驹子也跟着他们跑起来，岛村也追了上去。

只见石阶下面的房屋挡住了大火，只能看到火苗。报火警的钟声响彻四周，更增添了人们的恐慌。

"雪结冰了，小心点。路滑。"驹子回头看着岛村，忽然停下了脚步说，"对了，你不用来，我只是担心村里人。"

岛村一听也有道理，就放慢了脚步，这时才看见脚下的铁轨，知道来到了岔口前。

"银河，好美啊。"

驹子轻声说着，又跑了起来，眼睛仍然望着天空。

啊，银河。岛村抬起头的那一刻，看到银河那么亮，忽然觉得身体在银河中一点点漂浮起来，简直像要被吸上去一般。人在旅途的松尾芭蕉[①]在波涛汹涌的大海上看到的银河，也是如此宏大和璀璨吗？赤裸的银河，似是要将裸露的大地卷入它的怀抱中，展现出如此令人惊心的艳丽。岛村觉得自己渺小的影子仿佛从地上倒映到了银河里。银河那么清澈通透，星河滚滚，天光云影，似乎每一颗星星、每一粒银沙都清晰可见。银河无尽的深邃，将岛村的视线牢牢地吸引。

"喂，喂。"

岛村呼喊驹子。

"喂，来这儿！"

---

① 松尾芭蕉（1644-1694），是日本江户时期著名的俳谐师。

驹子向银河落入灰暗山峦的方向跑去。

驹子好像提着裙摆，她的手臂一动，红色下摆也跟着进进出出，繁星照耀下，可以清晰看到雪中的红色。

岛村一溜烟地追上去。

驹子放慢脚步，放下裙摆，拉住岛村的手。

"你也去吗？"

"嗯。"

"你真爱看热闹啊。"她又捏起落在雪上的裙角，道，"大家会笑我的，你回去吧。"

"嗯，去去就回。"

"不好吧？我带你去着火的地方，村里人会埋怨我的。"

岛村点点头，停下了脚步，驹子却轻轻拽着岛村的衣袖，继续慢悠悠往前走。

"找个地方等会儿我吧。我马上就回来。哪儿好呢？"

"哪儿都行的。"

"好吧，再走一会儿。"驹子盯着岛村的脸，突然摇头道，"不好，够了。"

驹子猛地用身子撞了上去，岛村踉跄了一下。路旁薄雪中栽着一排葱。

"真无情！"

驹子像连珠炮一样责问。

"说你呢，你，还记得当时说我好吗？一个要走的人，为何还那么说？"

岛村想起驹子把簪子扑哧扑哧地插在榻榻米上的情景。

"我哭了。回家后也一直在哭。我怕离开你。不过你还是赶快走吧。我不会忘记你曾把我说哭过。"

自己随口一说，谁知驹子却听者有意，镌刻在她内心深处。岛村被这依恋之情紧紧地束缚住。正当此时，着火的地方传来了人声，新的火势喷出了火星。

"天呐，还烧着呢，火苗蹿那么高。"

两人仿佛获救一般重新跑动起来。

驹子跑得很快，穿着木屐的脚像在冰封的雪地上一掠而过，手臂不是前后摆动，倒更像张开了翅膀。她的胸膛积蓄了力量，岛村这才觉得，她看起来这么小巧玲珑。微胖的岛村一边跑，一边看着驹子的身影，很快就气喘吁吁了。驹子也突然喘不过气，跟跄着倒向岛村。

"眼珠子冷，要流泪了。"

脸颊发热，只有眼睛冷。岛村的眼睑湿润了。一眨眼，银河闯进眼眶。岛村忍住不让眼泪落下，道：

"每晚都能看见这样的银河吗？"

"银河？是很美，不是每晚吧。今天天晴呢。"

银河仿佛是从两人跑来的方向一泻而下，流向两人前行的方向，驹子的脸就映照在银河之中。

她细高的鼻子轮廓模糊了，樱唇的颜色也消失了。岛村不敢相信，横贯天空的光层竟如此幽暗。地面黯淡无光，银河却是那么明亮，甚至胜过了月圆之夜。地上没有任何影子，只有驹子的脸影影绰绰，像古老的面具一般浮现，散发出女人的气息，如此不可思议。

抬头一看，似乎银河又要拥抱这片大地了。

银河宛如巨大的极光，席卷了岛村的身体，流到大地尽头。既有种冷清的寂寥，又带着妖娆的震撼。

"等你走了，我就好好过日子了。"驹子边说边往前走，手伸向松散的发髻。她只走了五六步，便回过头来看。

"怎么了？讨厌。"

岛村站在原地不动。

"嗯？你等一会儿吧。待会儿我跟你去你房间。"

驹子扬了扬左手就跑了，她的背影仿佛被吞噬在了黑暗的山底。在山棱线断开的地方，银河分了岔，又像是激起了巨大的水花直冲天际，山色更加黯淡了。

岛村跟了一会儿，没多久，驹子的身影就消失在街上人家中了。

"一二三，嘿哟！一二三，嘿哟！"近处传来了号子声。只见街上有人拉着水泵，人们都行色匆匆地跑着。岛村也匆忙来到了大道上，两个人来时的路跟大道呈丁字形。

又有一台水泵被运了来。岛村赶忙让路，跟随其后跑着。

那是一台老式手压木泵。一队人用长绳在前面拉，木泵四周也围着消防员，显得木泵小得可怜。

一见水泵来了，驹子也退到了路边。她找到了岛村，跟他一起跑。人们纷纷闪开，给水泵让路，待水泵经过后，站在道边的人们又紧随其后，仿佛被水泵吸了去。现在，岛村和驹子不过是奔赴火场的芸芸众生中的两个而已。

"你来了啊？真爱看热闹。"

"嗯。这泵靠不住啊，明治前的老古董了。"

"嗯。你别摔着啊。"

"是挺滑的。"

"是啊，下次刮暴风雪的晚上你来看看。不过你可能来不了。野鸡啦，野兔啦，全都往各户人家跑呢。"驹子的声音在消防队员的号子声和人们的脚步声中，显得明快高亢，岛村也一身轻松。

听见火焰声了，火苗在眼前蹿起。驹子挽住岛村的胳膊。街上低矮的黑屋顶，在火光照耀下凸现出来，又黯淡而去。脚下的路上有从水泵中流出的水。跑到人墙前，岛村和驹子不约而同地站住了。被火烧焦的焦煳味里夹杂着煮茧的臭味。

尽管人们各处高声谈论着相同的话题，说什么是电影胶片着了火，看电影的孩子是从二楼一个个被扔下来的，没人受伤，不幸中的万幸是村里的蚕茧和大米还没入库，诸如此类，但是到了火场，大家的声音又都淹没在了火里，无论远近都像丢了魂似的，一种齐刷刷的安静包围着失火的地方，仿佛在倾听火和水泵的声音。

有的村民跑来得晚些，到处呼唤亲人的名字。听到了回应，彼此都高兴地大叫起来。只有那些声音真真切切，鲜活得很。火警钟声已经停了。

岛村觉得人言可畏，便悄悄与驹子保持了距离，站到了一群孩子身后。火烤得孩子们往后退，脚下的雪似乎也松软了些。人墙前的雪因火与水融化了，被凌乱的脚印踩得泥泞不堪。

　　那是茧库旁边的旱田，和岛村一起跑来的村民们大都去了那里。

　　放映机放在茧库入口处，似乎就是从那儿起火的，茧库有一半屋顶和墙壁都倒塌了，只有梁柱仍屹立不倒。空荡荡只见木板顶、木板墙和木板地，屋内已无太多浓烟，屋顶被浇得水淋淋的，看那样子已很难燃起，火势却不见消停，总从没有征兆的地方冒出火苗。三台水泵忙着灭火，只见水才喷在火苗上，就冒起了黑烟。

　　火星子散落在银河中，在岛村看来，又像是悬浮在了银河中。烟在银河中自下而上飘散，银河自上而下一泄如注。水泵喷出的水柱偏离了屋顶，摇摇晃晃变成水雾，白花花、雾蒙蒙的，仿佛折射着银河的光。

　　驹子不知何时凑了过来，握住了岛村的手。岛村转过头来，沉默不语。驹子只顾望着失火的方向，表情严肃，脸上发烫，火苗的光影在她脸上摇曳。岛村心头泛起一阵强烈的波澜。只见驹子的发髻松了，伸着脖子，岛村伸出手想去抚摸，指尖却颤抖了起来。岛村的手暖了，驹子的手更热乎了。不知为何，岛村预感离别在即。

入口处不知是柱子还是哪里又燃起了火，从水泵喷出一股水柱，瞬间，屋脊和房梁开始倾斜，还冒着一股股热气。

啊的一声，人墙屏住了呼吸，他们看见一个女人的身体掉落了下来。

茧库在二楼设有观众席，可以用来演戏。虽说是二楼，却很矮，落到地面只是一瞬间，却足以让人清晰看到她落下的整个过程，犹如慢镜头一般。也许因为坠落方式不同寻常，看着好像一个木偶。一看便知她已不省人事，落到下面也全无声响。因为落在了水洼里，所以没有尘土飞扬。那地方恰恰在新燃的火焰与复燃的死灰之间。

一台水泵正向死灰复燃的火焰斜着喷出弓形的水，女人的身体就突然出现在前方了。她就是那样坠落下来的。她的身体在空中是水平的。岛村一惊，在那一瞬也没觉得危险和恐怖，倒觉得像是一个不真实的梦幻世界。早已僵硬的身体被抛到空中，反倒柔软了，只是像木偶一样没了抵抗，因为没有生命，才有了穿越生死的自由，生与死都凝固在那具身体中。如果说闪过一丝担心，那就是岛村怕这个水平的女人会头朝下，或是腰或是膝盖弯曲。眼看就要那样时，女人还是水平落地了。

"啊！"

驹子尖叫着捂住双眼。岛村却目不转睛地凝视着。

掉下来的是叶子。岛村自己也不清楚，他是何时反应过来的。人墙屏住呼吸，驹子大叫出声，叶子的腿肚子在地上抽搐，都是那一瞬间的事。

驹子的叫声穿透了岛村全身。叶子的腿肚子在抽搐，岛村也随之抽搐，连脚尖都冰冷得抽筋。一股说不清道不明的无奈、悲痛袭来，让他心悸得厉害。

叶子的抽搐微弱得让人很难发现，很快便不再动弹。

以至于岛村先看到的竟不是她的抽搐，而是叶子的脸，和她身上红色箭翎花纹的和服。叶子仰面落下，下摆搭在单膝略靠上的大腿上。她摔到地上，也只是小腿抽搐，人似乎并未清醒。不知为何，岛村不相信她死了，只是觉得叶子这个生命换了一种形式，现在迎来了轮转的季节。

叶子是从二楼看台掉下来的，从那儿还掉下来两三根木椽，在叶子的脸上燃烧。叶子闭着那双美丽、有穿透力的眼睛。她的下巴向前突出，拉长了颈线。火光在她苍白的脸上摇曳而过。

岛村猛然想起多年以前，岛村来温泉会驹子，在火车上见到的荒山灯火在叶子脸上点燃时的情景，心中又是一惊。那一瞬间，仿佛映照出了与驹子在一起的岁月。难以名状的痛苦和悲伤正在于此。

驹子从岛村身边一跃而起，几乎就是在她叫着捂住眼睛的那一刻，也是人墙屏住呼吸的那一刻。

驹子拖着艺伎的长裙摆，踉跄走着，水洼里落满了黑色的灰烬。她要抱着叶子回去。她坚忍执着的面孔下面，坠着叶子死去的呆滞面庞。驹子抱着她，说不清是为了她，还是惩罚自己。

人墙喧哗起来，人头攒动，一拥而上围住二人。

"让开，让开！"岛村听到驹子的喊声。

"她疯了，疯了！"

驹子疯狂地喊着，岛村想凑上前去，一群男人正要从驹子手中接过叶子，把他撞得踉踉跄跄。岛村竭力站稳脚跟，抬起头，忽见银河仿佛哗啦一声一泻而下，涤荡全身。